編棒を火の色に替えてから
冬野虹詩文集

四ッ谷龍 編

素粒社

編棒を火の色に替えてから　冬野虹詩文集　目次

Ⅰ　俳句

Ⅱ　詩

Ⅲ　短歌

Ⅳ　散文ほか

V　冬野虹論　――四ッ谷龍

装画・本文カット＝冬野虹

凡例

＊冬野虹（１９４３－２００２）による文芸作品群は２０１５年に『冬野虹作品集成』（四ッ谷龍編、書肆山田）として刊行された。本書は同書より主要な作品を抄出し、同書未収録であった詩歌や散文を収めたものである。

＊冬野虹の詩歌作品では歴史的仮名遣いと現代仮名遣いの両方が使用されており、また正書法に拠っていない場合もあるが、意図的なものである可能性が高いので、統一はせず、原表記のままとした。アメリカの南北戦争期の詩人、エミリー・ディキンソンが英語の正書法や文法をしばしば踏み破って詩を作ったことはよく知られているが、冬野虹はディキンソンの読者でもあったという点も考慮した。

＊巻末には四ッ谷龍による冬野虹論および解題、年譜を付した。

I

俳句

雪予報抄

鏡の上のやさしくて春の出棺
まよひこみ海綿売の声まつしろ
沢山の百合ゆるされて戸を放ち
肉色の空落つる処ラファエロ

毒の葉にセレナーデつつみ聞く長雨

牧羊《パン》の神とびそこねたる草の跡

玉虫の曇りておちるまひるかな

荒海やなわとびの中がらんどう

やせた鳥と四月の海に墜ちにけり

火の鳥を黒点に吸ふアネモネよ

メロンほど淡き翳もち夏の山羊

羽蟻きて夕陽の色に発泡す

三月や麒麟の夢を指にまき

中庭に月紅く居るヴァイオリン

白い島へ白いかやつり草と私

蚊帳吊草辿れば少女の骨の闇

向日葵の闇近く居る水死人

招待客胡桃の中に消え真昼

オフェーリアよ紋白蝶の跳んだ跡

今滅ぶ寒夕焼をまとひつつ

ひらひらと脚のびてゐる白魚

雪女郎は反射鏡の位置直す

暗室にさくらの絵葉書を忘れ

花冷えの白い死体の猫に遭ふ

逆光の水晶に画く肺のかたち

花眩暈わがなきがらを抱きしめむ

桜色の大きな湖を滑る猫

八重桜廊下の隅は繭のやう

なためらひそ桜の木次々倒れ

メリケン粉海から母のきつねあめ
鳥葬のごと音楽を浴び母よ
陽炎のてぶくろをして佇つてゐる
ヂギタリスきのふのことば砂に捺す
灰色の夢に蛍をぬりこめる

秋繭のくぼみのごとくうしなへり

陽のにほふ泥人形をふりむける

主《イエス》の腕照葉《かひな》のやうに失なへり

解剖室ではクレソンがのびてゐる

乱心のマントのやうに抱く小鳥

鳥の門みどりのからだ運びだす
雪の日に来る硝子売をいぶかしむ
明るい岸へ雪の球なげてゐる
蟬丸のかがやきて汲む芹の水
陽炎の広場に白い召使

ポーの町までマフラーをぐるぐるまき
花火のさきを海綿売が通つた
梅咲けば網目のやうに来てねむる
生まれなさいパンジーの森くらくして
あぢさゐをかさねてつくる母のトルソ

つゆくさをちりばめここにねむりなさい
夕焼けて笹の葉先をわたつてゆく
オルフェウス花屋にくらい石がある
つゆくさのうしろの深さ見てしまふ
こはさずに螢を袖に胸に髪に

重たい卵のやうな昼の鳥渡る

金魚藻をふたつつないでねむりなさい

堕天使の型紙のごと蝗とぶ

猫脚やゐなかの風が吹いてゐる

蓮ひらく音して景色変りけり

水面のひびわれてゐる菊の家

カルメラの気泡のやうに笑つてゐる

黄色い注射二本ワシントン生まる

夏畳小猫の耳の線暮れぬ

切支丹大名の脚腫れてゐる

もはやこれまでと飛び下り田螺かな

はつふゆの軽い朝日は如雨露から

焚火してあはき真昼の机なり

薄荷摘む人の瞳に映りけり

ポンポンダリアなかまたち島の中

憂鬱の海へメロンを指で押す

明の国花のころ門幽かなる

祝詞きく三ツ矢サイダー盆の上

雛菊よおまへの岸は燃えてゐる

わが目蓋草の箒のやうに空《あ》く

はんなりととろろあふひをかきわけて

子規の忌のたたみの縁のふかみどり

菊の露ふれあふ音の端に居り

青々と悴んでこそ神の旅

中国の青い簾のむかう側

はるのすな君あらあらし我かすか

雪の笹咳しみとほる堅田かな

なんといふ痙攣富有柿の箱

星がふる冷水コップの中に沢山

風鈴をつるすこはい処にだけ

くるまやさん今日くる河骨のあいだから

夕涼みコールタールを塗つてゐる

壁にむかつて雨かんむりを清書

火打石うちあはせるとるるる秋

ハローいたい頭のいたいこの夕陽

すべりおちる白い芙蓉のはなのふち
くぐもりて真昼の声や淡路島
幽霊坂銀の火箸が届いたの
ゆりかもめ雨の木指してかへりけり
氷踏むまりこさんの荷は七つ

十二人こはかつたのとコーラ飲む

実むらさき混線とアナウンサー言ふ

聖地まで姉をひきずる芥子の花

水に澄むふたつのからだ羊追ふ

春の雲ふるへて映るピンセット

花ふぶきわらつてわらつて空《から》の席

姉死んで妹あける豆の缶

南門に風ひびく日の扇かな

青葉風われは刷毛《ブラシ》のやうに怖づ

夕端居そんなに遠く息ふかく

陽炎のあつまつてゆく靴の先

主は降りて花火の束をさしだせり

圧鮨やゆるく野原を走る人

海の家ばさばさ人の声のする

風こまか鏡神社にゐるうさぎ

夢のまた夢青みどろ大拍手

新海苔を炎にかざすとき鸚哥《インコ》

追ひ風に顔かきくもる根深かな

水の玉あかるくとんで初湯かな

ながい草みぢかい草の春の夢

ひなあられジープは浜でパンクした

白孔雀あさ目がさめるときの熱

めりめりとラヂオは鳴つて朝桜

まあと言ひ行き処なし草いきれ

隕石落下まつくらなそうめんつゆ

やいばつたこつんこつんと我を打て
霜深き頭の中はピアノかな
あはゆきやほほゑめばすぐ野の兎
亡霊のはやも来ませり針生姜
いつも寒気の后にわたし掬はれて

萩を焚くけむりの塔のすぐにこはれ
初夢に竹の葉の音うらがへる
金色の巻毛のバッハ冬の波
ラヂオ音大・小ぴちぴち雪にとまる
レーヨンの袖のふれあふ桜かな

自動ドアわなわなひらく雪予報

仁和寺にみんな帰つて春の星

あめんぼう御室詣にいつたきり

ざあざあ喋るわたくしよ萵苣サラダ

本当に野分のやうにさあつと来

すすき野に無数の翅のタッチかな

芙蓉夫人ふつふつほつと笑ふ空

鹿の影濃きこの国をつゆしらず

雪の香やとぢこめられる否《ノン》の声

帆となつて野の娘こよかがみもち

明石鯛じやあまた露のあとさきへ
水汲みのをとめの脚の昏さかな
菜の花やふはりと斧をふりおとす
咳こんであなたあなたとゆうてはる
ぐちやぐちやの大オムレツの君やさし

なでしこの風より立てり鬼軍曹
呼んでゐるオレンヂ娘はるまつり
ねぢあやめ将棋に勝つて帰りけり
かぐや姫蠅の翅音の傍に
荒地野菊に夢の手の生まれさう

澄んでゐるマーガレットは被告席
われは押されて蜻蛉の翅の下
どうしたの水ざわざわと力芝へ
線香や立夏と紙に書いてありぬ
波音はわたしをおもひだせぬ夏

とんぼうは行きたい天理図書館へ

石段の空までつづく生姜市

陽炎の理髪店ああおぼえてゐる

雪空や打出の小槌ゆりおこす

網目抄

雪ふると池のにほひのからだかな

グリンピースわれのこころはちぢれてゐるか

菊人形かたき泪をおとしけり

そのさきににこにことゐる藻草かな

いつのまに虹とよばれぬ巣に星ふる

鯉の背をかすみのやうにとび越えて

ウレタンフォームのクッションまばゆいばかり冷ゆ

ほんとわたし電気毛布のやうな声

春浅しオレンヂ色の地震の手

星掬ふやうにこの掌の薄あをのり
初空や微塵はながき陽の帯に
消毒後ほととぎす鳴くくるほしく
鯉の尾のふかくすぎゆく明の国
行動といふかたき音麦をまく

肋骨が折れたと夏の便りかな

天国も地獄も雨や雛かざる

こほろぎが洗面台にころんでゐる

春の空港素足ならいいとおもふ

朝寒のタイルの上の小犬たち

友ヶ島くっきりあやめ咲いてゐる
薄暑の手ふらふら振ってもうゐない
臈たけた掌から掌へうつすめまひ
寒泳の息むらさきについてゆく
主《しゆ》よわたしアイススケートでまゐる

考へるまにこくりこのひとつ咲く

しろながすくぢら薔薇色もどる空

うーんうーんサンドウィッチの春卵

慈悲心鳥十一《じゆういち》十一《じゆういち》ポテトかな

こけもものゼリーに淡き冬の妻

死にいそぐ金色鯉よおまへとただよふ

蓮ひらく音ぽんと澄みふしあはせ

はるかより名を呼ばれけり源五郎

笹の葉の波うつ音やアッツ島

一つ葉にホースの先の水しづか

一つ葉のほんに涼しき木戸ありぬ
麦発芽ぴゅーんと速い星の下
ししとと風鈴の音御影石
ゆふぐれのコルクの床に葉書舞ふ
生傷の腕にあをあを注連飾

たまあられこよひの鹿のもやうかな

貴婦人は冬至の黒子描いてゐる

るり色のすすきの庭に星仰ぐ

協力を頼みにきたる萩の丘

菊つくり名人通る高麗橋

神隠し大水玉のリボン揺れ

海胆海胆と考へる人やさしい人

ニジンスキー跳ぶ靴の音鳥雲に

死んだ鳥大事に埋めぬ朝の気に

小賀玉の樹のあひだから春の星

空海の筆跡のごと汗ばみぬ
夏は来ぬシャッター音のあやふくて
夏扇ゆらりゆらりと米騒動
傷の犬南瓜畑から出でぬ
まがるとき考へてゐるわらびかな

三人は二階からくる実朝忌

ながい空蛍の脚はみぢかけれ

息あをく刺繍の鳥の七日かな

オセロのやうに浴衣を長くひきずりぬ

いなづまにぽっかりとあり象の家

おんおんと遠はるせみや遣唐使

あやめ草ちゃんばら映画の美男死ぬ

天の河にスカートふはり乾葡萄

花火の手青々としてぷるぷると

半身は池より還り奈良団扇

羊追ふ男の眼したたれり
こすもすの空に発信してからは
笑ひ茸あをいポンプを持ってきて
南から大きな鹿を追ひかけぬ
落葉《らくえふ》のたびにちひさく糸紡ぐ

鉛筆の六つの隅《すみ》の納涼会

柊の花にしらしら声の皺

お白粉をいよいよ白く月の男

飛魚《あご》の海いったいなんの蓋かしら

接骨医の長男走る霧のなか

達磨忌の肩透けてゐる白いシャツ

薔薇園に友みうしなふすぐみつかる

W・W・WATER夢の鞄のくにゃくにゃに

聖一遍《ひじりいっぺん》ひんやりとした雨に

勾玉のまがりの夏の夢に来よ

ゆふやけは蜻蛉《とんぼ》の翅につもるもの
夏の川見てゐる我が流れ着く
両の眼のひらかれてゆくまんじゅさげ
初霜にチャチャチャチャのリズム揃ひけり
須恵器は棚につばめの紺はひるがへり

桔梗の蕾の中は砂嵐

酢造りのころともなれば山を見る

肌寒の山の白さよ蜆蝶

安針《あんじん》の声に誘はれ初茜

二重橋あたり金魚のことおもふ

笑ふ声白梅の隙縫《ひま》ひながら

窓の梅中勘助の日記の字

金縷梅《まんさく》の一枝《ひとえだ》空をやぶりたる

冬蜜柑指にひとすぢづつ影くる

電球のやうに思ひぬ丘の草

ざわざわと薬の瓶やるり揚羽

かんがへる涼しさの長エプロンよ

肉屋《ブッチャー》の長い休暇や罌粟ひらく

十日菊かるくかんむり鶴を押す

名がなくてすべすべとするハンモック

はっはっと犬走り寄る枇杷の色

南天の花むっくりと犬の口

水底の草に呼ばれぬはるまつり

穴あきの靴下ならぶ神の旅

六月のゼリーにかみなりさま坐る

佃煮の皿に夕陽の跡がある
風吹いて自由の女神瓢《ふくべ》かな
梧桐の種とぶ空は仏壇を抱へ
かへりこぬ湯舟の波や大晦日
ルートヴィッヒの黄昏のごと大根干す

フリージアうっとり気管支炎の人

白梅や図書館に気絶してゐる

王《おほきみ》の笑ひのつまる梅の空

フリージア浅瀬の色の変りけり

櫻南風《まじ》全身タイツ姿なり

エミュー屈まり茸のやうに息づく

法隆寺建立の後《あと》五月雨れぬ

淳之介は海へ薔薇販売人眠れ

芭蕉の葉はらりとくぐるR《アール》の音

狭くとも我慢するのぢゃ花の種

いろいろの種類の兎かたまった

夕東風や七つの星を背負ふ虫

変な子と言はれて三日クレマチス

星空の青をひきだす二月のインク

両の掌をひろげて去りぬリラの花

カスタネットは夏を鬱陶《うつたう》しく刻む

背泳《はいえい》の一着タイム螢の葉

まひまひや室内に陽が死んでゐる

おかへりの声なだらかに綿ぼこり

万年青《おもと》展をひとまはりして髪平《たひ》ら

真間《まま》の井に風邪声落ちてゆきにけり

餅のびる熱い曲り《カーブ》の星旅行

ゆっくりと空をこぼしぬりらの花

兎の眼栗鼠の眼ひかる祈年祭

二日月とどこほる白を筆が押す

木蓮の径いっぱいに看護婦《ナース》たち

兎の皮剝ぎとるやうに空を知りぬ

装身具夏の神さまたちの咳

水澄んでトキさんといつも笑った

空青くしびれてしまふ花の握手

冬芝の上のひかりの忘れ物
寛衣着て庭を掃きたく候ふよ
慈姑むく螺旋の皮やヴァイオリン
慈姑置く重箱の隅清きかな
だから矢を放った神へ菊枕

烏賊のやうに平らかにフェードルは死ぬ

夕方の笛の音《ね》風を耕しぬ

ひかりの野蝶々の脚たたまれて

温室に入ろうとする砂の音

堀の水は秋夕焼を追ひかける

立葵ゆふぐれの窓淡く塗る

秋草の草のいのちを踊るかな

羽団扇豆《はうちわまめ》秋の炉に火の言葉置く

金木犀煙のやうな掌でありぬ

顔赤き田の神なれど恋を恋ふ

話し声蓮根の穴を出でて急

リサと歩く絵本の迷路白い梅

ゆふぐれの階段に居る音は清潔

ばら色の高脚カニのもの思ひ

花二片ノートの青い罫の上

白蝶にさらはれてしまふゆふべふかく

海の音生まれて夏の椅子崩る

猫まねく手もくたびれて星合う日

使者は赤い発疹のやうに夏を来る

水面を問ひつめるかに夕立かな

うれしさのメロンの網をひらくかな

泣かないで丸餅三つ走ってゆく

産声と花火の空を縫ひ合はす

名を呼べば水玉の中明るみぬ

駆けてゆくひかりの谷を縫ふやうに

ゆふぐれは牛若丸の蟬の衣《きぬ》

話す声やがてみどりに夕涼み

六人のひかりの箸や栗御飯

越ゆるとき水仙明り連れて過ぐ

骨細き春傘の我コメディアン

空明けぬ兎のダンス習ふ間《ま》に

はすのはなスポンジは水重く吸ふ

きしきしとゆりかごきしむ雪見かな

根津の坂道マヨネーズポロネーズ

椿より白く捨て子の置かれあり

紅椿ターバンの渦ほどけそう
しらしらと燃ゆる一章芽ぶく砂

Ⅱ

詩

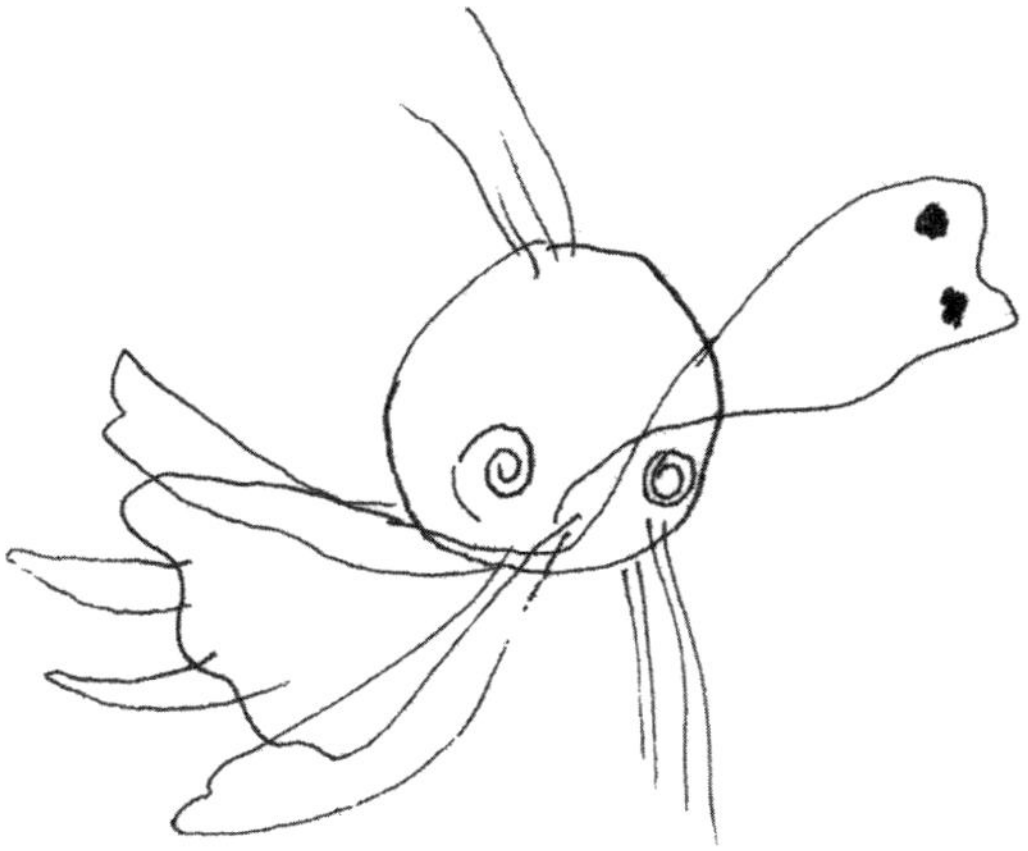

目次

頬白の影たち抄

廊下

視野検査室の
前を通るとき
わたしは
掃き清められ
磨かれた床面に
反射してくる
午後二時の
ゆらゆらしたひかりの
曲線を集めて
ちいさな森を
つくって過ぎるのです

A棟617号室

覚束ない柳の影を辿って
来ました
そこは
深い鐘の音《ね》の沈む
心電図の波うつ
緑の線のふるへる
館でした
しづもる夜
春の湖《うみ》に網を展げるやうに
私の心臓は
眠りつつ目覚めています

痛みの外来

ですから
痛みの外来と書かれた部屋の
ドアを見つけて
ぱっとあけて
頬白の影たちを重ねた
まだ明けきらない
空の
未熟な
りんかく線のこと
とぎれ　とぎれ　に
遠く雪崩れた音で
お話しなさい

思ひだしなさい

思ひだしなさい
ガーゼのこころよ

戸のむこふ
莢豌豆《さやえんどう》は
さみどりの莢
莢の内側に
にはか雨を
守っていることを

朝

けふ
ミモザの風は
鏡の中を
往来《ゆきき》してゐる
浅瀬の水は
逍《さまよ》ふひかりを
呼吸しはじめる

心音室

心音室、
頬白の影たちは
白く重なりあって
時間のすきまへ
雪崩れ落ちようと
しているようだ

桜マリア

空をはなれて
粉を挽くとき
解った。
私は死ぬだろう
私は生きてゆくだろう

クローバー

凍死した音節の
召したまふ御衣《おんぞ》
それは
クローバー
かさばった
言葉は
いりませぬ

歌

茶摘み歌は
洗面器の水を
発った

め組の衆の前を通り
つつじ色に染まって
火を消した

それから
草原を慕う雲を
ゆっくりとしたがえて

体の中に
はいっていった

額《ひたい》の熱

歩きつづけました
笹百合の花の下まで
熱のある額《ひたい》
ゆくへのさだまらない修道女《スール》の眼

フランドルの
小麦を運ぶ船は
重い
イギリスの
綿を運ぶ船は
ねむい

台所で
うずら豆を水に浸しました

蝶々を追いかける
薄い白い網は
玄関の壁に
かけられたまま
五月の匂いの影になりました

給仕長は
言いました
〝空を開き、
薔薇の樹製の抽斗《ひきだし》に
ひかりをあつめ
使者をすこし曇らせたまま
閉ぢるように〟
と。

そのように
このように
夕方の野のように
額《ひたい》の熱はさがりました
編棒を
火の色に替えてから

浮島

ブルジェの街

昼食が終り
白いメレンゲクリームの
ふわっと遊ぶ浮島というお菓子が
目の前に。
テーブルに陽が
カーブしながら
濃くなってゆく
羊飼の時を二時間すぎて
よろこびの島を
船は発った
ポリフィルスとポリアの海に
花の帽子を吹きさらわれた

婦人。
浸された時間
溶けいる太陽
浮島に
重くなるわたしたちの影

窓拭き　Der Fensterputzer

薔薇の花
あかい山
かけのぼる
倒れかかる昨日

はい　ここに
熱いココアに
眼鏡曇り
はい　ここに
いま　着きました
ココア　好きです
コーヒーも好きです

ミルクはいらないの

その人は
泉の上をかがやいて
コーヒーカップ波うたせながら
飛んできたのに
戸は
閉っていたのですね
湿った、長い、暗い道を降りてゆく
カタカタと
お皿と震えて。

もう、鳥籠のまはりに
夕陽を撒かなくてよいのでしょうか?
四角いカバンは
海の音を
もう整理し終えたでしょうか?

あなたは誰ですか?
私は居ますか?
この揺れる橋の
七つの色の
どの通路に
つめたいシャベルを持って
赤くカーブして
発熱して
私は　佇んでいますか?

食事が終ったら　あなた
葡萄園の入口の
門の戸が　きしんで
声をたてているのを
直しに行ってね
そして、そこ、

スカートの上に
果樹園のひかりをいっぱい
あつめている私を見つけてね

ラファエルへ
手紙を書いた。

ラファエル、へ、
ラファエル、に。
ラファエルの小屋の屋根を直しに、
屋根を直しに走って行った人。
脚がなくて
手がなくて
心臓の音だけが走っていった。

硝子窓に　影がのぼる
バケツとモップが

明るい神のダンス。
そして
私たちの瞳の中を
どこまでも
いつまでも
拭いつづける刷毛《ブラシ》。

ああ　あなた
白いラケットの網は
ななめに
痛々しい水のように
差し出されているのです

間にあうでしょうか?

美しい羽根のついた時間の
重りが

ポン　と
こちらにもどってくる朝の庭の
草の宴に。

ああ　あなた
白いラケットの網が
空にからまってしまった

セルフィーユ　cerfeuil

明るくなり
如雨露は
仕事部屋を横ぎって
バルコニーに、
そこ
春の陽に訂正され
句点《コンマ》をたくさんふやした
やぶにんじん《セルフィーユ》の一茎。
セルフィーユ、
汝は
熱の漂着物
そして

忘れ物の簡素な葉を
焙じている

ギニョール　guignol

夏がいってしまって
砂の色は
すこし怒っています
王宮の庭の
水盤の中の雲は
こわれます
腰痛《こしいた》の王さま人形が
糸の先で
くしゃみをふたつしたから

離宮　villa

円窓は夢みながら
破傷風にかかっていた
緑淡い四月の空は
円窓をよこぎる竹の線にひっかかり
波うっていた
広い額《ひたい》の庭師は
庭石の上に
編物の編目模様の影を置いた
開いた両掌で
障子の紙の上に
ひかりの亡骸《むくろ》を積み重ねていった
それは　まるで

川が運んできた砂土が
ベッドの白布の上で
牲《にえ》の舞の練習をくりかえすようだった

クロッカス　safran printanier

いま
薔薇色と
萌葱色の
細い縞模様になろうと
昼が狭くなってきました
棚の上の
セイロン紅茶の缶は
棚の上の
時間の上の痣《あざ》
熱い湯の中に
セイロン紅茶が香ったら
清少納言に

伝えます
〝前略
セイ　ショーナゴンサマ
水撒きを
いたしますゆえ
あなたの
木のサンダルは
庭石の上に
並べて置いてくださいますよう
さようなら　虹〟

矢車菊

bleuet

長い袂がひるがえって
御所解模様の着物の裾から
嵐が来そうです
私は、
雲の装いをさらに固めて
ラップをかけ、
冷蔵庫に、
寒天ゼリーの立方形の角を大切に
納いました
しおれかけた矢車菊の青い色を
ひきだしに納うように
この日、私はだまっていたかったの

薔薇色の石の街から来た人の
フォークに、魚の白身は
とらえられていました。
その街に雨は多く降りません。
文法をまちがえて
道を正しく水が流れます

七人のこどもたちの
スプーンの上の空豆は
喜劇の途中にさしはさまれていた

私の熱のある肩に貼ってあった
湿布薬は　よぢれ、笑って、
肩をはなれていった
西暦二〇〇〇年、弥生の末の
昼のことです

浜紫苑

クレタ島の
浜紫苑の根よ
述べなさいな
紫苑の野の
中心にある、
風音ひびく、
うちよせる草に飾られた墓石の
下の体は　どなた？

紡錘形の
杏の種をとりまく
三つの河の流れから

生まれた時間と
収穫の
ひかりの大籠に眠り
遊び足りた葡萄の核と
暑い国の
休んでいる森の重さを
持っている人の
軽い体です
その人の名は
ひかりが攫《さら》っていった

ノノは念入りに着飾る

Nono se bichonne

ノノはビロードの足音をしている
ノノは前髪をコテでカールする
ノノは若布色の帯を好かない
ノノは今日は森にゆかず
司祭のマントの釦穴の数をかぞえる
終ったら
アーメン
床《ゆか》におりるとき
ノノは木蓮の白の重さ
鏡に納まって
ノノは日照雨《ひなたあめ》に出会った自動車の動悸
ノノは花びらの混みあった

カーネーションの花の
鬱《うつ》病を治す口笛を吹く
ノノはコルセットの紐を
ぎゅうっとひっぱる
ノノは妊娠しているアイロンコードを
揚羽蝶の行儀作法で辿る
ノノは念入りに着飾っている
ノノは白いブラウスと白いプリーツスカートで
くるりふりかえる
ノノは拡がったプリーツスカートを
ガムテープで
鏡に定着させる

ぼだいじゅ　tilleul

ひろがったまま
たいらかに残していらっしゃいましたね
やあ、と
見知らぬ人に
あいさつして、
突風に射たれた兎や鹿の
足跡を
濃く香らせることが
できたら、
ぼだいじゅの花のころ
あなたと蘇《よみがえ》るでしょうに

ゆりかご　manne d'enfant

エリコサン、アキラサン、
ようこそ四月の庭に。
鳩も猫も砂の上に
影を置いてゆきました
トマレ！　ウゴケ！　を
陽の丘の上から
水草の川の中まで
つづけたのでしたね
桜の花は匂っていて
薔薇組のアキラと
アンネン・ポルカを
上手に踊っていました。

蜂蜜色のひかりの、森の
ゆりかごにのって
空に近づきましょう
神さまに気づかれぬよう
台所の霜降肉を
皿の上にうねらせたら
手が平目のように泳ぐ
アキラクンの満足のおどりを
明日の朝の籠に盛りましょう
明《アキラ》は
バターを立方体にしてから
パンに塗るのが好きなの
ゆりかごの波を抜けて
ぶらんこの空の端を知ってゆくの
チューリップの花の上の
揺れる空を

祝・薔薇組

ハネダアキラ

晴ればれとした épanouie

カスピ海の真向いに
柘榴の実は炸裂する
タレカアル？
イナイ

空っぽの市場、
カッシ70度の朝
人々は
祈りの膝を
海へ折りたたむ
丸くなろうとする
唐草模様の翳の下で。

空いっぱいに
声が
よろこびの
麻のリボンをかけていく
アラシオノ
シオノヤオジノ
ヤシオジノ
シオノヤオアイニイマス
タレカワ
タレカ
カレワラタリナ
ワイナモンネン
タレカアル？
イナイ　イナイ
カッシ70
セッシ20
ノリメタンゲレ

アサシヌ
アジュレ

五月（若草月）　prairial

失明した嵐の窓　五月
散った時間よ
はれやかな露のまわりに
もどっておいで

花粉の中を。

もどっておいで
水の視線の邪悪さに
空がひびわれて
急に
産気づいた

朝の食卓の
レタスのみどりの
襞《ひだ》の中に。

話しつつある
ことばの
白い土埃の中に
みえる
テニスのラケットの
すずしい網の
まんなかに。

水撒き器

arroseur tourniquet

春には
体育館の前の芝生　に
扇形に陽気な水を撒いて
送ります

れんげ草に
昼の指づかいの翳が
兆すとき
祝いの水の線になります

水は
聞き分け、見分け、

出入りする切傷のついた時間。
脈うつ狭い通路に
とぢこめられた
うっかり使者は
骨折したままとびたとうと
こころもとない目を
大きくひらき
通路から
陽にむかって
こなごなにでてゆくのです

運転手は
紺色の帽子を
高く空に投げあげ
接岸の用意

祝福されよ

水のとんでゆく方《かた》

茱萸の木でござる　c'est qu'il est un éléagne

ござるよ
茱萸の木でござる
電話線は枝分れし
空に
劇のように
言葉をうならせてござる
三部作、悲劇、第一部の
はじまりでござーる
ベルシャザール王は
茱萸の実を
枝から摘み、実を摘み、摘み
摘んでいる

ベルシャザール王は
茱萸の実の
燈台灯の深さの赤を
考えちゅうでござる
ござるござる
第二部へ　うつらうつら
枝をのばすよ
茱萸の木の　茱萸の実
海へ
うつらの海へひきよせられて
水と砂を浴びてござるござる
耳に　じーんと
海水が侵入してきてござるよ
茱萸の木は
島のミモザ石鹼工場で
よく働く
昼休み、第三部　風に

ど、ど、どうも
茱萸の実揺れ
中庭の泉水　揺れ
あ、あ、あ、あり、ありが
とう
わ、わたしは、ぐみ、みの実で
ござ　ざざざ　るる

まつゆき草　le perce neige

あの山はなんだろう？
蒼ざめて
笑っているのは

鹿の睫毛に
囲まれた湖《うみ》の中へ
しずみゆく
地震の寺院

私はその山にはいる
そして
私はその山の

裾に咲く
まつゆき草の
もえる
しずかな
ひとしずくの
遺体の
位置を
はっきりと知った

柄杓　louche

アキハバラの
駅にゆき
ホームのなかほどにある
暗い売店の
つめたいミルクを飲み
それから
階段を降り
鬼灯の鉢を買った

カーテンの翳で
泣きつづける
あけぼの《オロール》のために

まんじゅいん

manjuin

まんじゅいーーん
まんじゅ
まんじゅ
あんじゅ
りきゅうちかくの
やくそうえん
琳派の画家が
やってきて
稲の穂の筆
たわむまで
ゆすらうめと南天と
あんじゅを写生

ひかる額《ひたい》
湿る額《ひたい》
額《ひたい》のぶつぶつ
支えきれない
あんじゅの首《こうべ》
笹竹の
節《ふし》から節《ふし》へと
夜をかぞえ
月をわたり
さびしかりけり
夏きたりけり
まんじゅい――ん
まんじゅ
まんじゅ
あんじゅのまんじゅ

めぼうき　basilic

ナガイカフーさん、
物干竿の節の上に
はじめて置いた
霜のこと
いとをかし　と
わたくしも思いますの
カフーさん、
荷風さんという音は
とても軽いのですね
家風とか
花風とか
書いてみて

花風と思ってみると
藤の花の
香りがします
すこし
うっ、と
息が止まりそうな
めまいがして
頭痛がして
吐気もしてくる
……
支那の刺繡の絹の靴など
牡丹色に
染まっていて
湾岸近く
浅蜊の居る水域に
ゆたゆた
置かれていいます

そのようなカフーさん、
夕立のあとの
縁台の
氷あずきの氷を匙がくずす音など
きっと
こよなく愛されたことと
存じます　　かしこ

鬼灯　cage d'amour

晴れた日の午後
長方形の
軽羹《かるかん》の端を
黒文字で
三角形に切り分けつつ
いただきつつ
考えておりました

はて、
こおーっと、
治兵衛はん
どないしはったもんか

小春はんとなあ

近松はんに
もういっぺん
きいてみるわ
どないなりますのん?
このふたり
ええように咲き分けるよう
しあわせにしてやって
おくれやす

近松はん
もいっぺん
筆とって
この世の笹の先を
ものぐるほしう
いとしう

描きなはれ

海のむこうでは
フランスのミッシェル・ド・モンテーニュ
ちゅうお人が
臍《へそ》がふたつある
けったいなお子のこと
書きはって
そのお子の心臓を
笹の葉の上の
露みたいに
かりそめながら
しっかり
はっきり
搏たせはったんよ
あんな風に
なんちゅうか

かんたんの夢の
そのまた夢のかよひ路の
この
かるかんの白さ
をやねん
書きなはれ
門左衛門はん

ぺろーん

ぺろーん　は
ギリシャのことば
運ぶということばのこころ
花は
あんとす
海は
たらっさ
たらっさあんとすぺろーん
と言うと
海の花を運ぶ
となるのかな
ぺろーんは運ぶ

ぺとらーは岩
ぺろーんぺとらー
すこしも重くない岩
あたまの上に
浮島のように
在って
海綿状の
ひかる穴が
たくさんあって
おいん
おいん
羊
羊

石上麻呂《いそのかみのまろ》

isonokamimomaro

あけぼの
姫の暗い庭は
蜻蛉の翅音に揺すぶられて
目を覚ました
麻呂からの文《ふみ》あり。

ひめ
さんぽにでかけませんか
朝露に袖をぬらして
わたくしは
木戸の傍で
お待ちしております

ひめとの
空《そら》の宴のための
子安貝は
燕の巣の中に
とうとう見つかり
ませんでしたが
ごきげんを直して
くださいませんか
戸を開けて
ここまでおいでくださいませ
散り敷いた葉も
葎《むぐら》も
絖《ぬめ》に明けておりまする

かくや姫は
石上麻呂の文《ふみ》を
ここまで読み

稲穂のようなためいきをし
文《ふみ》の端は
ものうげに垂れた

石上麻呂は
病気になられたのですね
燕の巣に
子安貝がみつからなかったから。
かはいそう、
お見舞の文《ふみ》を書くわ
と
難波の住の江の岸の松の歌を
はじめて返されたのです
でも
麻呂のこころは
失敗したはづかしさで
牡丹の花より

柘榴の花より
紅く　紅く　なって
ふるえ
しぼんでしまいました
死んでしまいました
それでも麻呂のたましひは
御空から降りてきて
かくや姫を
朝の散歩に誘いました

青空　azur

頭痛薬の
副作用かな
この点描の風景は
なんだろう

飾りことばを
禁止すれば
空豆のような島の
日本

火炎式の柱でなくて
柘榴ジュースでなくて

屏風の中の鶉が
大雅の池の方へ
ふらふらと
歩みよる

その時
空よ、

あなたは
矢車菊の青い色の
消防衣を着て
動かない海の内部と
ちいさな山々の
あいだに
横たえられた
幣《ぬさ》の白紙の
輪郭を

映写されよ

卵の殻

coquille-d'œuf

卵を三個
湯に放してのち
白い麻スカートの
襞の畝を
ととのえながら
一枚の鏡の上に
ことばの関節を
ひとつづつ
たしかめ　たしかめ
熱い霧の奥の
移ろいやすい
壁の中に

はいっていって
水無月の
真珠の首飾りを
身体からはずした
こと
注意深く
記しましたの

千鳥の絵の
漆の皿へ
麩せんべい二枚追加、
硝子の深鉢の中の
ロケットサラダに
レモン汁小匙二杯追加、
のこと　は
たまごが
湯の中にじっと

していあいだに
ファックスで
お送りしましょうか？

提燈袖

manches ballons

校庭の上の
空は
消毒ガーゼに沁みこんだ
水の匂いがしていた

私は
桃色の風船袖の
洋服を着ていた
切り揃えた前髪の下に
きらきら玉の
ひかる
房のついたカーテンを

漠とおろした
おちつかない眼を
していた
花を盛った籠を
パタッと倒すと
校庭の隅に逃げこみ
緑の宿の玄関の
うぐいすになった

髪を梳いていた　se peignait

風鈴がやかましいから
はずしましょう
母の声のむこう
硝子戸に
人の影が映り

じゅゅーんこちゃあぁーん
ゆーきましょー

ともだちのまさこちゃんの
ゴム止めのギャザスカートは
ふくらんで

茱萸《ぐみ》の実の揺れる楽しさ
盆おどりにでかけます

ヘアクリップで
朝から巻いてあった
髪を解き
夜露に湿った櫛で
まっすぐに梳いている
ふたつのよく動く眼の中の
黒い瞳は
顔のまんなかに
真剣に集まったまま
汗をかいていました

まあさこちゃああーん
ちょぉっとまあってててねー

いまリボンつけてるからあー

沿岸　littoral

真鶴の海辺に
貝研究所がありました
白黒チェックの
半ズボン姿の
背の高いおじいさん博士は
オキナエビス貝を
指さし
説明します
「
これは
海の貴婦人ですぞ
相模湾に居らしたのぢゃ

森のように
盛りあがり
うずまき形に
うつくしくかけのぼった
三角錐の
貝の尖が
しずかに
空を押し上げたまま
貝博士の視線を
うけています

射《ぬ》干《ば》玉枕《たままくら》という名の
二枚貝は
桧扇《ひおうぎ》の種子の
黒い丸さのおどろきの
童子の眼

岩海水浴場に
朝一番の
陽の集合バスが
揺れる
シャワー

ソフィア　sophia

ソフィア
おまえは笛を左手に持ち
山を降りてくる
ソフィア
おまえは風より迅く
葡萄の色になる
ソフィア
おまえはコキュトス川を
渡ろうとして
もぢもぢ足を踏み迷わせる
それから
ソフィア　おまえは

小さな水玉の斑のある鹿の毛皮を脱ぎ
籠いっぱいの木苺の内気さで
いちばん高い空の
青い冠《かんむり》を
野の上に置いた

ドナウ河　Duna

市場《マルシェ》に
紅い薔薇の刺繍のテーブルクロス
揺れ

ヨーグルトは
賢く丸い容器に
坐っていて
唐辛子《パプリカ》の束も
光って
正午だった

だんだら縞の猫と鶉の卵が

てんびん秤の上で
ダンスのはなしをしているあいだ
三人の日本の旅人は
流れゆく
大根の葉の速さになり
ドナウ河を移っていった
すると　ドナウはゆっくりと、
秋へ障子を開《あ》けた

補遺

パプリカはいかが？

くすんだ眼をして
わたしは
水で重くなった帆を
やっと拡げ
佇んでいる
ブダの丘
わたしの
高野箒が清やかな音をたてて
石畳の上を
過ぎるとき

この町はパプリカ色に輝く

地下鉄の階段を昇って陽に染まる
ちからづよい天使の声よ
パプリカはいかが？

すべすべした小さなうすみどりの
細い円錐のかたち
こどもの笑顔がいちどに開《ひら》けた
紅いひかりの莢《さや》

パプリカ

紙箱の上に
三角錐のかたちに行儀よく積みあげられ
あなたのこころに
まっすぐ射ちとどけられるはずの
愛の砲弾

パプリカはいかが？
立ち止まり一山のパプリカを
おごそかに指で示す
杖の人

パプリカを売る
若い女の両掌に
うすみどりの莢のパプリカは包まれた

次の瞬間
ぱっとひらいた扇となって
歌をうたい
買物籠の中にはいってゆく

あした　りすに

りすに会ったむすめ
かまくらの庭
お寺の庭
てぶくろを
はずしてごらん

はしる　りす

みあげた枝
たかい梢に
空は
いま

ちらばり

新月のぬばたまの
闇はうたう
かまくらの
鐘はひびく
かねのね
空へちりゆき
星はもどるよ
てぶくろを
はずしてごらん
あした

Ⅲ 短歌

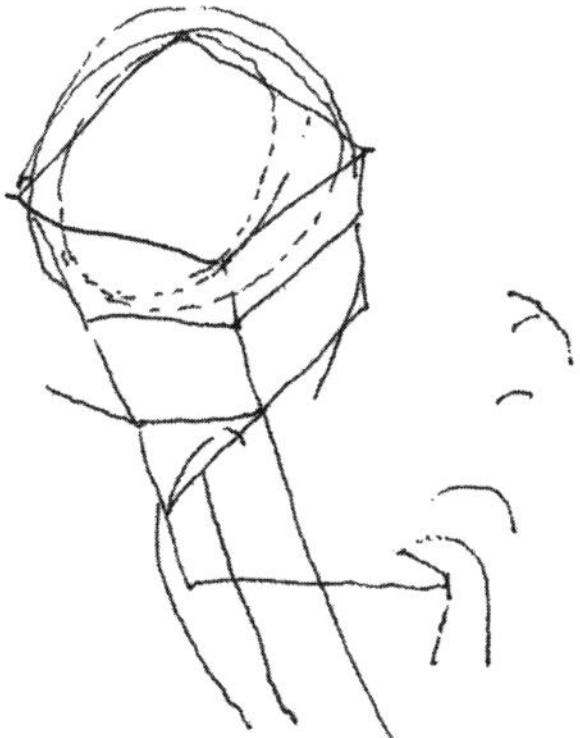

かしすまりあ抄

春の炉の一隅《ひとすみ》清《さや》くありぬれば人はかへりぬ雪をふらして

小鼓型の硯に波の絵がありてその金の線ほそく唄へる

きんいろの紡錘《つむ》のかたちのくだものに夏のゆふべは連れ去られけり

あれはなに？　露とこたへてこめかみに海のにほひを薫きしめる人よ

春の空は白磁の皿に降りてきておどろきやすき翅をもつかな

読むやうに戸をあけるやうに染《し》むやうに玉虫色の雨をふらせよ

黒猫の枝豆形によこたはる毛布のくぼみかなしかるらむ

式子内親王に

部屋の奥で扇のやうに泣いてゐる婦人のためのパヴァーヌは雪

笹の葉に淡雪羹は咲いたまま眼《め》は内部より照らさるるべし

神の愛人《ひと》の愛とはたちばなの匂ふともなき扇閉ぢつつ

薬玉をささへきれずに七夕の笹は大きな星をふらすよ

緑丸《みどりまる》はひねもす稽古ぱたぱたん雷足のひびく鏡よ

桃山の茶碗のごとくかしこまり咳ひとつだけわざとしてみる

伊勢に来ると人の匂ひは細くなりかすれかかって須恵器の罅《ひび》に

葡萄珠にささげる祈り陽の祈り陽の絶壁にくちづけるまで

葉に点々と空気通りし穴ありて蕗の葉のいのちはなやぎにけり

露の耳そいいそいいと空に張り飛行士の部屋たまごのかたち

葉生姜《はじかみ》のうすべに細く香りたち風鈴の中にはいってゆきぬ

白雨《ゆふだち》にときめくプリン・ア・ラ・モード幽かにゆれる夏のうたたね

縁側のわたしの席の座布団にものおもふごと猫は涼みぬ

神主のかしこみまをす声のして中庭の水夜へ震へる

なんてよい天気でせうと花に言ひ空にむかってもつれてゆきぬ

すみやかに答へて神は遠ざかり縫針長く春の島刺す

翅のやうに月は夜空に沁みだして発電所までペダル踏むなり

音別《おんべつ》の駅に西瓜を下げた人ふらりと揺れて地に影おとす

ポテトチップスはつかな音をたてる昼風船葛のこぼれたみどり

夫に

松のみどりと初雪の調剤こしらへて君におくらむ胃炎の君に

舞人は十指を天にひらきつつ海の花粉となって死にき

酢造りの壺陽の下の的《まと》となり時間の矢先《やさき》白み初めたる

巻き戻すビデオテープの中の空《そら》オリンピックの槍投げの空《そら》

人骨の折りたたまれし甕《かめ》の中は赤と銀とのすなのあらし

はじまりの言葉はいつもこんもりと鼓動を持たぬ百の夜の蚊帳

星強くひかる夕方声のして頸長《くびなが》婦人青たまご産む

唐織の衣《ころも》の人のハックション笛や鼓につまづくこころ

乳母車の車輪を秋の陽はこぼれ歩道の上に唄を移しぬ

セーターのタートルネックに埋まって忘られし人炭火を熾す

風蘭《ふうらん》の鉢おちかけるテーブルのカーブに添っておちちのにほひ

中西夏之氏より龍と虹にシルクスクリーン一枚贈らるる

花嫁の睫毛の上に澄む冬の月のひかりのやうに贈られし

松飾りはづす手元のほのくらく恋は矢のまま氷れるものを

ぬひぐるみパンダの縫目プッツンと白綿むくむく夢のかたまり

敷島の大和し思へ三月の氷にひびく風の飛脚を

バレアル諸島の風の下には虫垂炎のピアノがありぬ

足の甲をぐっと反らせて飛込台離れた人の重さを海は

赤猪子《あかいこ》も宮木《みやぎ》も持てり万歩計月がのぼって日の沈むまで

ファクシミリの紙つつつつつ三月の翅のばしつつわたしの前に

恋敵《こひがたき》を蹴っとばしては投げとばす聖林《ハリウッド》スターの胸毛おそろし

千鳥の酢若布に沁みてはんなりとうれしく居りぬやさしくなりぬ

籠にあるミネラル水の瓶の絵の氷の山の部分に夏の陽

ねぢ巻の目覚時計に言ひきかすこんなにたかくリラ香ることを

唐草の風呂敷提げて遠ざかる父のすがたの夢に吹かれつ

忌籠り明けて二日のネクタリン指跡果皮にうすくつきたる

重陽《ここぬか》のひかりの端にたたずめば遺跡の中へ黒髪流る

洪水の荷物を持って困りたる瀬《せ》織《おり》津《つ》比《ひ》咩《め》にきのふ見《まみ》えき

フェルメールに

牛乳をそそぐ女の絵の前のひかりの網《ネット》豊《ゆた》にくぐらむ

目つむれば鈴虫の音《ね》をかけのぼる千のたましひ闇に安らふ

細いズボン穿いてポポンの店に行き粒粒《つぶつぶ》辛子買ふ夢を見る

百万《ひやくまん》の声さへ悲し石段のつめたさに掌の置きどころなく

鳴神の来るけはひする日比谷からもどって居りぬチコリを買って

知らぬ街の市役所の扉《と》にわが触れば日の光《かげ》うしろより押しぬ

こよひこそ月を観るため縁側にうちのめされてひかりを待たむ

雪白のタオルを畳むわたくしをゆゆしき翅が触れてすぎたり

牛の尻尾豚の耳など好む人らあつまってゐる露霜の寺

粉河寺縁起曼荼羅

草の上にひかりの帯を敷きながら狩人孔《く》子《じ》古《こ》眠ってゐたる

ゆふされば海鳴りのごと帰りきてこの理科室の骸骨と会ふ

萌ゆる葉はゆるらかにらら晴れてゐて今日のわたしにちかづいてくる

紅い梅ゆめのおわりに濃くなってそのまま海の扉をみごもる

横浜コンテンポラリアートフェアにゆく

横浜の港のとびらひらかれて大き御脚《みあし》の天《てん》よりとどく

待ってゐて日東紅茶淡く淹れて雲の白さをいま還るから

わたくしのスカート噛んでつよく引く嬉しの犬の尾は光の矢

はつなつの黄金《きん》色の海こえてくる 杏《アルビコッケ》 といふ音の果実

ふいに来る痛みのやうにレモンありその籠を持ち停留所まで

流水に素麺洗ふゆふぐれのわたくしの掌を離陸するもの

今日は映画にゆく花柄だからベルトは透明のをさっくり巻いてゆく

七月三日セゾン劇場・山海塾公演を観て

みんな帰ったか眠ったか　たぷたぷうちよせて神経の先水にひたして

リンゴくにゃりと煮てみてくださいさえぎらないでうけとってからながめてください

屈みつつ秋のランプに近づけば我の背中に霧の花咲く

もしもいまこのゆふやけを歌ふなら鉛筆の香を大事にしたい

ひとりづつ席にもどってくる気配枝の先から滴るやうに

人間の言葉わからぬ日のありて秋グミの実は籠に透きたる

わたくしを知らないといふ人々の眉の太さを痛く感じぬ

われの他人《ほか》は話を人とする三時の窓のかたちのことを

海岸に在ってもったりしていたり年のおわりの風の文《ふみ》かな

わたくしの生誕の日はうっとうし　気に入りの白磁の皿をていねいに洗ふ

泉川《いづみかは》清酢の店の前に来て誰か線香折つてゐる音

阪神大震災一月十七日をいたむ

地の面は揺れて破れて水嗄れて水仙の根のみ白く並ぶ

水仙の根はまっしろに地を刺して地の裂け目よりひかりまよひいでぬ

京都の姉の墓に参ず

百々《どど》橋をいつも渡ってゆくのです姉の袂の茜色まで

タルタル人は濃き眉をくもらせてけり六面体の踊りおどるから

アンリ・ボスコの本読みし後
巴旦杏《アマンド》の花咲くころの地の匂ひ持って見舞ひに来てくださった

球形を好むわたしの宿題は草の寝息を描ききること

竹取りの翁の歩調思ひつつモンドリアンの樹の線ほどく

風は白い長い袖を休めてうかぶ草の寝息ととなりあふため

夢の中は岩石といふ岩石がふはり傾斜して楽しのかたち

ポーの水・八雲の吹雪・過ぎしのち手に残りたる静脈の圧《あつ》

着膨れてわれら進めり小町通り薬局の前の犬にあいさつ

それはとても毛深い空《そら》のやうな音がする　ポストに落ちる手紙

深紅のカシスソーダ水つくる長いスプーンの尖の錆《さび》の香

いとやすき問題集のごとき早春の三面鏡　ひかりを失敗してゐる

アッチラの槌音高くひびくとき空をゆらして花の降るなり

絹を背にラクダゆっくりたちあがりいづこにむかふ紅き足音

どなたのまなざしの描く曲線か知らねど　ゆふぐれの浅き縁側のひかり

ポプラの葉は高い梢の輪転機かがやきながら活字打つ音

あまりにも強き異国の香の草のヘンルーダてふ一撃に倒る

ホップの葉ビールの素とたれか言ひ陽に透かし見る昼さがりかな

まみどりの莢隠元のかたちして我《われ》はつなつの空にくぼみぬ

輪になって踊らう白い影とホックニーの絵の芝生水撒き機

蜜蜂の巣箱を指が覆ふときもうどの描線も呼び戻せない

走りゆく子犬の意志のやうな風ランニングシャツを三回揺らす

るりつぐみ点々点々搏つやうに翔べばこの空に穴空《あ》く

長い長いエプロンつけてゆきませうもっと淋しい街の市場《マルシェ》へ

あらたまの岩石のごときむすび飯われは無音の瀧となってつくりぬ

蓮の糸あつめて織って持ってゆく近江の町の郵便局へ

すがる行く鉢巻しめて馬でゆく絵巻の時間の帯を染めつつ

姉と妹わたくしと母四人して五人ばやしの段を飾りぬ

野にありて野の花を編むわたくしのふくらんだ袖風の勉強

自画像を描こうとすれどわたくしの鉛筆霞みかすみ画くのみ

フランス、トネールという町にて

夏蝶のゆらゆら過ぎる町の名を雷町と知ってひびきぬ

はつなつのアテナインクの青のこと友に話しぬ動詞使はずに

ねむるまの中将姫の蓮の花いとどはかなき時を織るかな

炎よりあかるい色の葵の花　傷擦《す》れる布が痛い

ワイシャツの袖口にきてアイロンの尖思案する夕映えの街

頭上ゆく白鳥の影大きくて見あげる我と地球を包む

天牛《かみきり》の触角ながく秋草の弧のかたちしておどろきやすし

ひび割れのやうにときどき鳴くのですするりほしかみきりみやまかみきり

西方より友きたる日は白妙の卓布の上に杉の箸揃ふ

貴族たちはぬるぬるひかる黒髪をいつも乱れたままにしてゐた

孔雀・くじゃく、あなたは庭を掃いている鐘の谷間の色をずらして

ヨコハマ・十一月十四日（土）天道・地道、大野一雄・慶人の舞踏を観る

アイビリーヴ《信じます》　何を？　あなたを、この星を、何もないただ脈搏つものを

こめかみを押さえて我はうづくまり草の箒の草の実になる

冬ざるる鉢植の菊ちぢれ咲く、あっ忘れもの、思ひだしなさい

心臓にヒビがはいってしまったのち如雨露の水の弧をよぢのぼる

烏賊のやうに横たへられて急ぐなり救急車の中星降る朝に

三人の医者と看護婦《ナース》のまなざしのその下に在り波うつ肋骨

金色の点滴落ちる速度より我遅く着く地球の森に

同病室の山田米子さんに

窓に降る雪にしたがひ汝がこころ時間の花をゆっくりひらく

朝に夕に窓の日覆《ブラインド》に来るひかりのこどもおどろきやすし

スイートピーが放送しています「めまい検査室へ来て下さい」

マイクよりわが名聞える廊下にて本を出したり納ったりして

繃帯に腕のまはりをやはらかく押さへられたる六月の空

脈搏ってゐるものすべて悲しかり朝顔の花の縁《ふち》に顔を寄す

天火《オヴン》から出てきし形憎からず林檎の姿八重に匂へり

われらの膝みなやはらかき角度持ち箒を使ふ一日《ひとひ》来るべし

睡蓮は見る人の眼にうちとけてふかぶかと影残す花かな

ゆく夏の背骨の節《ふし》に触れるやうに青唐辛子の種をはづしぬ

晩白柚香る夕べの月の出に蛇口の栓を右にまわしぬ

この花束ほのかに香れ風にのり気病みの蜂の翅透きとほるまで

踏切の鐘うっとりと鳴りゆれるゆふべの街の鳥居くぐって

春の岸ほなさいならと手をふれば星がでているおもちゃのマーチ

数日後なぜかしらねどもどり居る愛猫ノノの窓辺の姿

木の枝に巣箱くくられ置かれたり丸き窓持ち空を入れたり

毛織物好む虫住むタンスには時間の層も眠らせておく

赫くなった空を書こうとすべりだすわたくしのペンほとんど走る

北極熊その名ユキ丸ユキ姫と呼ばれて以来発光する毛並

洒落者のマカロニペンギンいでませば人造岩に春の波寄す

牛の舌の前菜並ぶランチタイム友だちの夫は若くして死んだの

いろいろな映画の場面の中に居る人影を繰るひかりの法律

拾遺

風景の一点見つめおもふことこの樹の上の空になりたい

ひとすぢの線すらひかず七月の風折《かざおれ》の樹を描いてをりぬ

国やぶれ山河はありといふなれどされど雲雀のたまご孵らず

穂にいでしすすきのまがりそのままの秋のことばをわれは悲しむ

ビリチスに

髪を編む島の乙女はオリーブの枝を離れたむらさきの痣

七・三に髪分けてから思ひなほす俊徳道駅下車すべきや否

狭庭はエメラルドいまひとすぢのサイダーの気泡夏へのぼりぬ

龍・父上みまかりき　六月二十七日

扉《と》のそばの紫陽花の色ゆっくりと濃くなるときにまぶた閉ぢらる

神の森とびたってからかなかなは原宿駅のホームにあたる

マスカットといふ名の都市のあることを袋縫ひつつ不思議におもふ

サニーレタスゆっくりちぎりつつ水に浮かべて我は鉛筆の線

雪白のハンカチ畳みつつ思ふあしたこぼれて匂ふ白梅

風はもうすみれの庭を小走りに春の制服ちくたくと縫ふ

砂のふる刻を思ひぬパルミアの柱の影のカナリア色よ

ベーコン焦げる匂ひのやうな喜遊曲ギャロップ・ギャロップの日暮

宇治上神社の井戸・桐原の井

水面にひかりの輪湧くはつはるの泉の水を掌にむすぶかな

成田空港

空港に香水の香のゆきかひぬ貫之の歌三首読むまに

来る年の暦のページ思ふときしだれ柳を風すこし吹く

〝和気郡の少女攫はれ行方しれず〟駅のポスター読みてのち雨

庾嶺《ゆれい》坂を蟬に押されるやうに下る風呂敷包の中の葛餅と

牧神の午後は煙のやうに往き斑《はだら》の夢は鎖骨に懸かる

ゆきの日のきのつらゆきの手習ひの手本の墨の梅の香なりき

つげの茂み丸く大きく影を置きそこからはいるそこをでてゆく

城の壁にたてかけられた帚の柄右にかたむき歴史を閉ぢる
問うてゐる荒野の泉の面より〝春蟬持って生れてきた？〟と

Ⅳ　散文ほか

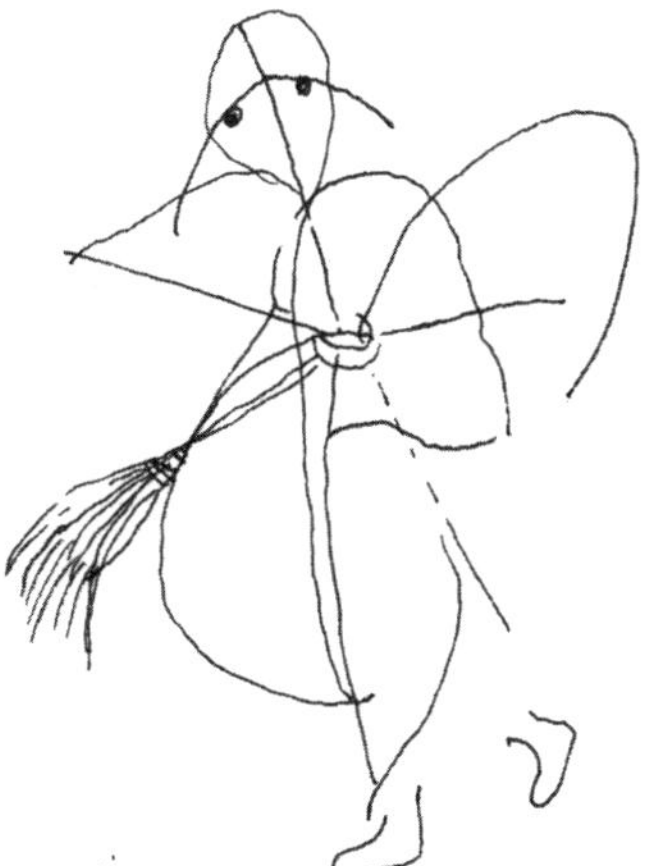

葉の上の

草の箒が、さーっと通りすぎるように
わたしの眼はひらきました。

私の瞳の中に、
傾いた、白っぽい、まがりくねった道があります。
その坂を、
あわてものの兎が降りてきます。
両の手に、フランボアーズ（木苺）の入った籠を持って。

そして、
兎はすすんでゆきました。

あれ？

道の端の、草の葉っぱの上に、
兎は露の玉をみつけたのです。
兎のふたつの瞳は、このちいさな、すきとおった玉に質問しました。

「こ、これは、なに、かな？」

兎のまわりの空気は、ゆっくり、あけぼのの色に染まりはじめていました。

オーブ（あけぼの）は、兎に答えました。

「これはね、露というの。エフェメールという名なの。フランボアーズのおともだちよ。」

兎の心は、とてもはやく搏ちはじめました。なぜなら、こんなに澄みきった、大発見をしたのですから。

兎は言ったのです。

「まあ、なんてうれしい!」

兎は、その露の玉を、籠の中のフランボアーズのとなりに、そっと、大切に、大切に、置いたのでした。

霧が………

だんだんと、その羽根をのばして近づいてきました。

梢の中では、ひとりのリスが、さっさっさっと、小枝をいそいで揺りうごかしていました。

リスは樹から駆け降りながらたずねました。兎にむかって、

「これは、なあーに？　ほら、それ、そこにあるの、あなたの籠のなかに。紅くて、よい香りがしてる、ちいさな玉、は？

ほら、きらきらして、揺れてるのは……」

兎はリスに、フランボアーズを数個と、エフェメールという名前の露の玉をあげました。

リスは、もううれしくて、うれしくて、たまりません。リスのこころは、よろこびでいっぱい、花ひらいて、あちこち走りまわりました。

柏の葉をたくさんあつめてきて、兎は、フランボアーズと露の玉のエフェメールのために緑の遊び場所をこしらえました。

さいしょ、リスは、フランボアーズとエフェメールを、じぃーっと眺めておりました。けれど、すこしずつ、リスは退屈してきたのです……

そこで、
リスは、ちょっと、フランボアーズを取って、食べてみたのでした。

ひとりの狐が、それを見ていました。
彼は、リスに近づいてきて言いました。
「ねえ、その、ひかっている玉はなんだい?」
エフェメールは、柏の葉っぱの上で、かたむきながら、ふるえながら、ほほえんでいました。

リスは、というと、もう、フランボアーズのおいしさに夢中になっていました。
もうそれは、いっしょうけんめい食べておりました。
だから、リスは、なーんにも答えませんでした。

ところで、
狐は心の中で、自分に問うていました。

「これは、な・に・か・な・？・？・？」

そして、
狐は、おそるおそる、露の玉のエフェメールに、ちょっと、触ってみました。
はじめのうち、狐の二本の手は、とてもやさしく、しずかに気を配っていました。けれどもだんだんと、荒々しくなり、エフェメールに向って、嵐のようになってゆきました。狐の嵐の手は露の玉のエフェメールを、こわしてしまったのです。
はじきとばし、遠くへまきちらしてしまいました。
狐の手が、エフェメールを追いはらってしまったのです。

リスは、とても、とても、悲しかったのでした。
なぜなら、
エフェメールは、もう、消えてしまったのですから。

リスは、エフェメールのことを、おもいうかべました。

オーブは、リスに、告げました。

「エフェメールはね、お空にのぼったのですよ、おひさまのひかりといっしょに……　ほら、このように、ここに、柏の葉っぱの上に、千のことばを残していったのです……　見てごらん！」

風が、すぎてゆきました。

リスは、瞳をこらして、柏の葉を、いっしょうけんめいちからいっぱい、みつめました。

狐は、やっと、わかったのでした。

どんなに、大切なものを、自分は、こわしてしまったのか、と、いうことが。

そして、同じ時に、狐の心の中に、深く、しずかに沁みこんできたものがありました。それは、〝失う〟ということは、こういうことなんだ、という答えでした。


狐は、受けとりました、リスから。

広々としていて、ひかりかがやいている一枚の葉を。

私、このあわてものの兎、は、しずかに、雨の色に染まった空を内にもっている目蓋、を、ゆっくり閉じます。
わたしは、ときはなたれはじめ、さまよいはじめます。

それから、
わたしは、水路を流れはじめます。
夏の、鏡のように映っている
あかるい庭の方へと。

それいらい、
狐は、もう、けっして、リスをいじめませんでした。
そして、狐は、とても善い人になり、ものしずかな読書家になったのでした。

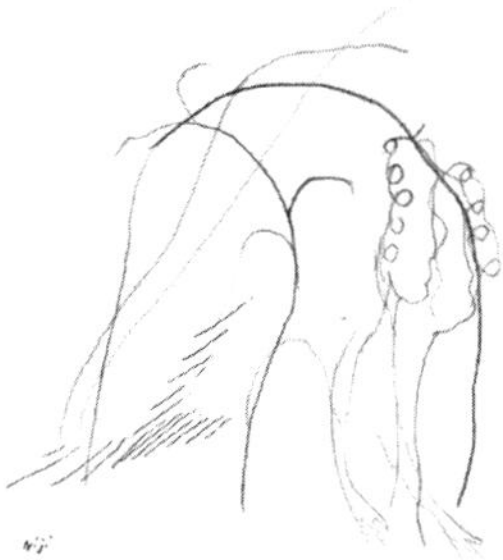

桜の木

亡き姉のことを少しお話ししたいと思います。

私とは八歳離れていたので、子供のころの私はいつも姉にくっついて歩き、何でも姉から教わった。

姉は踊る人であった。江口乙矢モダン・ダンス舞踊団に在籍していて、中学から大学までと卒業後の二・三年を、研究生としてレッスンに通っていた。学校の近くの阿倍野区姫松というところに江口乙矢モダン・ダンス研究所はあった。南海電鉄上町線という遊園地の電車のような小さな路面電車に乗ると姫松という駅に着く。

私の両親は大変封建的な考えの持ち主であったので、姉のモダンダンス塾通いには、最初から最後まで反対しつづけていた。

両親は娘の出演する舞台を一度も観に行ったことがなかった。若い娘が、肌もあらわに太股をみせたパンティ姿やタイツ姿で、脚をたかくあげたり、サーカスの芸人のように身を反らせたり、跳んだりするのは、下品で、はしたないこと、ときめつけていたから。可哀そうなほど。二言目には、もし踊りをやめるなら……を買ってあげる、とか、踊りをやめたら……をしてあげる、という卑怯な交換条件をさしだしては、姉の舞踊熱を冷まそうとけんめいであった。父も母も、姉に日本舞踊を選んでほしかったらしい。着物姿でうつむきながら踊る日本舞踊なら、しとやかにおとなしく、上品に見えるから良い、と単純に考えたのであろうか。

とにかく西洋のものがきらいの父や母の考えの中では、ストリップも社交ダンスも、モダンダンスも、たいして区別がないように見えたらしい。私はただひとりの応援者で、姉の公演の日には、淀屋橋の大阪フェスティバルホール、桜橋のサンケイホール、堂島の毎日ホールなどに観に行った。

オルフェウス、プロメテウスの火、など、ギリシャ神話から素材をとった群舞、また、師の江口乙矢氏自身が東北出身の方であったので、東北の民話から題材を拾ったもの、ききみみずきん、日本の古典の平家物語や雨月物語から汲んできて現代風にしたものなど、レパートリーは広かったように覚えている。

私はまだ幼くて、きちんとした批評眼を持たなかったけれど、舞台の上で生き生きとギリシャの乙女の踊りをする姉の長い髪のゆくえに精いっぱい拍手をおくった。

片一方の長袖だけがフワッとついた、オーガンジーの白の衣装に、スパンコールが星の砂のように縫いつけられている。

舞台の上の五人の乙女役の中では、情感あふれる姉の動きが、一番弾んでいてのびやかに見えた。自分の姉だからというのではなくて、十三歳の少女であった私のにごりのない瞳に映った舞台の姉を、一人の舞う人間として、この人はすばらしいと思った。

母は、父と同じように姉の舞踊熱に反対しながらも、公演日が近くなって衣装の準備を家でしなければならなくなると、裾をわざと破ったスカートや、片方の袖しかないような斬新なデザインのコスチュームに驚き、あきれながらもせっせとスパンコールの星をスカートにちりばめていた。

江口乙矢・須美子夫妻のデュエットを中心に、そのまわりを五人の髪の長い女性達が跳んでいる。幹部研究生の中でも、姉は江口乙矢氏から一番期待されていた人であったらしい。あまり自分自身の自慢話は人にしない、おくゆかしい性質だった姉は、そんなことを誰にも話したことはないらしいけれど、妹の私には、気持をひらいて、何でも話してくれた。ある日の夕方、我家で姉と一緒にお風呂にはいっている時、ザブンと湯のかたまりを肩からおとしながら、姉はうれしそうに私に言った。「あのね、このあいだ、江口隆哉先生（江口乙矢氏の実兄で舞踊家）が東京から見えて、私たちの乙矢先生の研究所を訪ねられ、団員の練習風景を見ていらしたのよ。私（姉）のことを特に、よい素質だ、と言って下さったそうよ。うれしいわ。後《あと》から乙矢先生が、私に言って下さったの」と、本当にうれしそうだった。私もうれしくて、湯気の水玉のいっぱいついた天井を見つめながら、姉はモダンダンスの踊り手として自分の世界を豊かにしていってすばらしい舞を世界中の人々に見せてくれるような人になったらいいな、とその時思った。

あいかわらずの父母の反対の声の中を、姉は舞踊のことに関しては一歩もゆずらず、公演前になると、古風な畳ばかりの座敷の我家の一番広い部屋、床の間のある奥の間を練習場にして、夕食後は、自作振付創作ダンスの練習に熱中していた。

姉が選んだ曲は、ドビュッシーの「月の光」だった。床の間の横の、違い棚の前に、蓄音機を置き、曲の終りの方のしずかにすーっと後にひいてゆくところを何度も何度も繰り返し練習をしている姿を、私は今でもよく夢に見る。

床の間の鯉の絵の掛軸の前で、黒タイツ姿の姉が脚を高くふりあげて、片手を長くうしろにのばした姿は、異様というか、古風な日本座敷の中でユーモラスなかんじがした。

台所以外は板の間のない古風な家の、畳の奥座敷で練習するには、跳んだりはねたりの激しいテンポの曲は練習しにくいので、ゆったりとした静かな曲を選んだのだと思う。

夕食後、姉が練習着に着替えると、それを見た父と母が、苦虫を噛みつぶしたような顔をして、他の部屋へ避難してしまう。私は畳埃をポコポコたてながら、ドビュッシーと格闘している姉の動きを見守っていた。

その時の姉の顔が、とても幸せそうに見えたから、この人は、ずっと、おばあさんになって死ぬまで、踊りを創り、表現して生きていったらよいなあ、と私自身が年上の姉になった気持で、生意気なことを思い、心から拍手をおくっていたのだった。

女子ばかりの大学を卒業した後、熱心にいきいきとモダンダンスを続けていたある日のこと、姉は好きな人と結婚するため、舞踊をやめることになった。あんなに好きな舞踊だったのに、あっさりやめてしまうなんて、そのころ、まだヤセッポチの中学生だった私には恋のことはよくわからず、姉の気持がよく理解できなかった。こうして姉は、さる、金管楽器を奏する音楽家のハンサムな青年と結婚して、惜し気もなく、踊る人、をやめた。

姉がもってうまれてきたもうひとつのよき素質であった、料理の好きな、家庭的な妻、と嫁、となって生きた。そして阪急、宝塚近くの甲山のふもとの町に暮した。数年後、病に倒れて姉は亡くなった。三十三歳。

亡き人の想い出は、残された者に、美しく、なつかしい部分だけが時を経るほどに大きくふくらんでくるものだから、何を記しても、死者にささげる花束のようになるものである。

妹の私にとって、この姉と一緒にすごした子供のころの時間、私がこの世に生まれてから、十七歳までの時間には、いつも桜の花が咲いていて、ぶらんこが揺れていた。

姉の結婚式の前夜、私の家族は、玄関を入って右脇にある父の囲碁の部屋に集まり、姉を送る会を開いた。七人の家族が集まって、嫁ぐ姉に贈る言葉を言うことになったが、私は、明日には姉がこの家から居なくなるという悲しみに胸つぶれて、ただ、泣くばかりで何も言えなかった。姉とは十六歳年が離れている一番下の妹はまだ幼く、テーブルの上のお菓子をうれしそうに食べていた。久甫という俳号を持って俳句をたしなんでいた父は、はなむけに自作の俳句を一句、短冊に書いて姉に贈った。どんな句だったのか、十七歳のそのころの私は、俳句に何の興味も持っていなかったので覚えていない。

そのころ、私が子供のころの家は、木の門を入ってすぐ左右に、中ぐらいの桜の木があり、間隔をとって、庭のまわりにぐるりと植えられていた。うす紅色の一重、すこし濃い色の八重、そして遅咲きの雪のような牡丹桜、と、四月のはじめから六月まで次々と花をつけていた。

桜の木の下にはぶらんこがあって、花のころにはぶらんこを力いっぱい漕いで、長く伸びた桜の花の枝に届くまで、スカートをふくらませて高く高く脚を空に向けた。その時の春の空の色が、私の体にやわらかく迫ってきては遠のいてゆくかんじが、今でもありありとなつかしく、私の波になっている。

さくら餅羅紗のぶらんこ揺れはじめ　　　虹

冬野虹第一句集『雪予報』に収めたこの一句は、私の子供時代から十七歳までの桜のブランコとなって、二十年後のある日、突然に書きはじめた俳句の中に蘇って、時を揺れはじめた。

美しい桜の木のあった私の子供時代の家は、父も亡くなり、もうずっとずっと遠く過去の記憶の海にかすんでいて、私の居る処ではなくなってしまったけれど、やさしかった姉のことを思いだすと、いつもあの子供のころの家の桜の木の下のぶらんこが揺れかける。

一九九二年のある日、私は突然短歌をつくってみました。

ドビュッシーの月の光を畳の部屋で練習する姉に贈る歌十首

風ふけば黒い兎の両手さへ砂に埋るる夏座敷かな

御祓の日に姉と祝詞を合唱する

神主のかしこみまをす声のして中庭の水夜へ震へる

山鳩の羽根の重さの文《ふみ》なれば狭霧の谷にもまれてしまふ

なんてよい天気でせうと花に言ひ空にむかってもつれてゆきぬ

カンタン服縫ふあひだぢゅう見えてゐるこの本棚の咳止めドロップ

春の炉の一隅《ひとすみ》清《さや》くありぬれば人はかへりぬ雪をふらして

窓の雪息づまるほど高く積み「イヌメリ」といふ友そばにくる

すみやかに答へて神は遠ざかり縫針長く春の島刺す

陽のとびらきっちり閉ざす葉櫻の深まなざしにかよふ風吹け

翅のやうに月は夜空に沁みだして発電所までペダル踏むなり

パンフィリアの泉

メーテルランクの作品には、水が色々な姿となって現れる。「ペレアスとメリザンド」のはじまりのシーンは、召使いの女中たち（水の妖精の化身）が沢山の水をバケツで運んでは、城の門の扉をせっせと洗っているところからはじまる。

「扉をあけて！　扉をあけて！」「敷居や門や石段を、きれいに洗うのよ」、門番が鍵をガチャガチャさせて、きしむ錠前をやっとのことで動かし、扉はゆっくりと開いてゆく。女中たち、敷居に揃い、内から外へまたぐ。「では洗いましょう」「とても洗いきれるはずがないわ」「水を持ってきて！　水を！」門番「ああ、分った、水を流せ、すべての水をぶちまけろ、水はたっぷりあるぞ！」

同じメーテルランク作の笑劇「奇蹟」でも、最初のシーンは、召使いの婆がギュスターヴ家の床に水を流して熱心に掃除しているところからはじまる。死人をよみがえらせる奇蹟をするために訪ねてきた聖アントニウスも手伝ってバケツで水を運ぶ。

メーテルランクの戯曲では、水が常に重要な役割を果していることに気づく。彼の作品の中で水は妖精的な夢の使者としてはじまりの扉を開けて運命のサインを待っているのである。「奇蹟」は森鷗外訳による美しい日本語によって次の様に記されている。

婆キルジニイ、水多く使ひて玄関の石畳を洗ひゐる。

(聖アントニウスに向って言う)

婆—「はての。お前様が嬉しうお思ひなさると、お前様の頭の上で提燈に火がつきますするかなう」

死人を生き返らせるという奇蹟をおこした聖アントニウスは、その後、人々達のみにくさを知り、奇蹟をとり消す。その後のシーンで

聖者—「わしも咽《のど》がかわく。水を一杯飲まして貰ひたい」

アシル—「ひどい天気ぢや。雨に雪に霰まで交つてをるやうな」

—外は嵐—

婆は、力落して去ってゆく聖者に、自分の木沓をさしだす。聖者、その好意を穿く。

聖者―「これは殊勝な」（木沓を穿く、たちまち聖者の頭より光明さす）
婆―「まあ、お頭にも冠り物がござりませぬ。お風をお引きなさりませう」
聖者―「わしは冠る物が無い」

12世紀フランスのブルターニュには、マリー・ド・フランスという女性が編集した短詩の《Lai《レー》》があり、その中の、「ランヴァル」という騎士を主人公にした話には、水の妖精が、水のゆらゆらする金の盥を持って登場する。トリスタンとイズーの源となった話「すひかづら」では、イズーの部屋に通じる水路の流れの上に、カンナ屑（木の削り屑）を浮かべ流して恋のサインを送る。

この二つの話とも、《水》が愛を運ぶ揺れるひかり、となって大切な役割を負っている。

＊

我国、瑞穂の国の昔の時間はどうか？　日本の絵巻物はその形式も内容も時間的な空間が川のように流れて行って物語がすすむ。それは西洋の物語のように垂直に組み立てられていない。古来より、日本人は、罪・ケガレ・悪、を水に流して清める。そのことは神社詣の前後に手洗い、口漱《すす》ぎをする行為に見られる。我国・日本の神道の祈禱書、『祝詞《のりと》』の中の「六月《みなづき》の晦《つごもり》の大祓《おほはらへ》」には、後半に三人の女神が現れる。まず、瀬織津比咩《せおりつひめ》が、急流の河を、神から渡された罪や悪、ケガレを持って下り、その荷物を速開都比咩《はやあきつひめ》という女神に渡す。速開都比咩は海に住む女神であり、潮の流れの入れかわる鳴門の渦のような場所にいらっしゃる女神である。その潮流の渦まくところは、この世からあの世（海の底の根の国）への水の扉。速開都比咩は、河の女神、瀬織津比咩よりうけとったもろもろの罪・悪・ケガレ・災、を水の扉の下にいらっしゃる気吹戸主《いぶきどぬし》という神に手渡す。すると、この神はフーッと大きな息を吹きかけてそれらの悪しきことを海の底、地の底の根の国に吹きはらう。それを、こんどは佐須良比咩《さすらひめ》という、海をさまよい、海上の空気中をただよう、さまよひの女神さまがうけとり、永遠の海遠くまきちらし、水に流し、悪しきこと、災、すべてを消しさって下さる。夕べの刻、四時すぎの夕陽が沈みかけるころ、海は満潮になる。その夕陽のころ、水が、すべての悪しきこと、災、を包みこんで、どこかに流し去ってくれる。引き潮と共に。

　この潮のうねりにも似た水の描写は、「祝詞」の章の中でも、最もドラマチックな荘厳さに充ちた、美しい水の音楽と思う。西洋の言葉のように、対峙物と向きあい、ボクシングすることよりも、水と共に流れて忘れ去ることの方向に向きやすい、日本人の感性と思考は、よきにつけ悪しきにつけ、私達を、私、を水のほとりに誘う。神経の疲れた時、水辺に在って、水面に揺れる柱の影を見つめたり、水辺の草の曲線に目を添わせたり、睡蓮の葉の上の時間の中にしばらく坐っているだけで、どのような名医に調合された精神安定剤を飲むよりも、心は深く癒《いや》される。水は、しずかに水平に静止しているとき、水面に私の視線が投げかける、神への質問の返送として、やはらかな光を私にさしむける。水は静止している時でも、滝や河のように時間のリボンや帯となって動いているときでも同じように、水の表に目を添わせる人の心の中の時間を自由に止めることができる。また、水流をみつめる人の内部の時間を、自在に、未来形にも半過去形にもする。

静かな水面を見つめるとき、シロエの泉となった水は、風景の中の小さな私の存在をふるはせ、沈める鐘の音の残像を水面に置き残しつつ、ついに私を治してくれる。内なる風景の中にある青空が、目を閉じていると見えてくるのである。メーテルランクのメリザンドや、ギリシャ神話のナルシスやイヤサントの散策の空間、それは空へと、その水の面《おもて》をみつめる人の心の海の中へと通じるひらかれた小径なのだ。人は無音の滝の前にきて、水が白い色を持って上から下へととめどなく移動しているのを見る。

蜜蜂の巣箱を指が覆ふときもうどの描線も呼び戻せない　　虹
えにしだの空にかかやく滝の音《おと》空よその金色の弓をふるはせよ

または水平に右から左へ、左から右へと曲りつつ遠ざかる時間を川の水の上に見る。そしてふいに、水中から水面に顕れようとする自分自身の意志の痛さに、水面に止っていた視線は慌てて水流に添って移動する。瓜子姫のように、瓜のうすみどりの空洞《うつろ》に守られて流れを下り、どこまでも宇宙の外に流れでてひろがってゆけるように思えて。

水はどんな時も大声で命令しないし、こつんとした槌を、むこう側からこちら側にふりおろすことがない。他のちからが加わって急流となり、大波となり、津波となり、渦巻となり、洪水となる以外は、地形や器のカタチに順って、待っている物質である。水のそばに近づきつつ、私という人間、この存在物、は、今、どのような流れを内側に持とうとして、その春昼の蝶の翅に文字を背負っているのか?
翅と翅との裂け目は、冥界のハデスとなってやさしい闇で私を水死させ得るのか?流れの方向が光の凪のシーラとなって、水の通り過ぎた余韻のアトラス山に似た岩に私を置いてゆくのだろうか?

＊

ここを今、すこしのあいだ、与謝蕪村の水が流れる。

与謝蕪村

草霞み水に声なき日ぐれ哉
雪の暮鴫はもどつて居るような
小舟にて僧都送るや春の水
ながれ来て池に戻るや春の水
春雨にぬれつゝ屋根の手毬哉
橋なくて日暮んとする春の水
はるさめの中を流るゝ大河哉
なのはなや晝ひとしきり海の音

ブザンソンでなく、ブソンサンの永遠の水は、すべての色彩を内包した空気を育てるためのつめたい温室装置そのものと思う。
水の辺に坐って水の面を見ているうちに、私の考えは、ゼリー寄せのお菓子のようにぷるんと固まり、伊勢物語第六段、芥川のほとりの草の上の白い水玉、露、となって、永遠の空の青さと、その青空の惨《さん》を映しだす。

「あれは何？」と、姫は視線を、葉の上の丸い水のカタチの私の上に置き、私は、その質問の重さの分量と同じだけ、窪《くぼ》むだろう。

ある日、私は、クロード・ランズマン監督の、十一年間にわたるドキュメンタリー映画、ナチス収容所の扉とその跡の景色を撮りつづけ、人間の暗部と心の震えを美事に描ききったすばらしい作品、「ショア」（SHOAH）を観たのだった。

柵と線路飢饉《ききん》の水はふらっと丘の上に躓《つまづ》いていていてくらい　虹

＊

十四世紀末から十五世紀初めにかけて私達の地球に在った韓国の詩人、孟思誠《メンサソン》の、白磁の器のような素朴さとやはらかさを持つ古時調のしらべを聞いてみたい。

江湖四時歌

野山《のやま》に春さり　狂《くる》ほし思《も》ひわく

濁酒《にごりざけ》渓《たに》に　魚《うを》とり肴《さかな》
身の長閑《のど》けきは　君賜《たま》はれり
川辺《かはべ》に夏さり　草堂《さうだう》ことなし
たのもしき波　寄《よ》するは風なり
身の爽《さは》やぐは　君賜《たま》はれり

天土《あめつち》秋さり　魚《うを》みな肥《こ》ゆる
小舟に網のせ　まにまに投げつ
ひねもす過ぐる　君賜《たま》はれり

野山《のやま》に冬さり　雪尺《しゃく》に余《あま》る
笠斜《なの》めさし　蓑《みの》を衣に
身の寒からざる　君賜《たま》はれり

（裴成煥訳）

孟思誠は韓国の西南部に位置する、温陽という街の人。国王世宗《セジョン》の第三王子として生まれたが、権力、華美、ぜいたく、を嫌い、終生、清らかに暮したという。いつも質素なボロ服をまとい、みすぼらしい小屋に住み、楽しげに笛をふきながら牛にまたがり、飄々と生きたという。

孟思誠の詩のしらべは明るく澄んでいて、清流を縫うひかりのようだ。シューベルトの鱒釣人と川の関係の持つ軽やかさが、古典短歌「時調」のリズム、七、七、七、七、と続いてゆく水の流れを空へと解放している。

そして、音楽になることを許された一粒、一粒、のひかる水のちからが、地と空の境を溶かす時間の刷毛になって、今、ここを掃き終え、二十世紀末の地球の新しい水のしらべを、弾きはじめているように見える。

＊

虹の水の歌も、すこうしここを通ります。

鳴神の来るけはひする日比谷からもどって居りぬチコリを買って
ポーの水・八雲の吹雪・過ぎしのち手に残りたる静脈の圧《あつ》
ひとりづつ席にもどってくる気配枝の先から滴るやうに

流水に素麺洗ふゆふぐれのわたくしの掌を離陸するもの
水甕を覆ふ弥生の空のごといまわたくしのさくらのこころ
はつなつの黄金《きん》色の海こえてくる　杏《アルビコッケ》といふ音の果実
肩掛を編んでほどいてゐる時間水は飛行するイリスの国へ
眠りの実の水に触るる日日曜日ユーラシアの陸《くが》青く染めつつ
柚子の香は呼び戻された波のごと景色の縁《ふち》のわたくしを搏つ
泉川《いづみかは》清酢の店の前に来て誰か線香折ってゐる音
汝《な》はすでに考へ深き瀧の音《おと》になってゐるからセメント山を右手にて指す
深紅のカシスソーダ水つくる長いスプーンの尖の錆《さび》の香
葉の先に音は眠って水を持ち夜明けの色を丸く抱《いだ》きぬ
池にものういオレンジの香の降りてくるゆふべのひかり　往診しなさい
けれど在る空を見あげる露の玉空を離れず欠けはじめたる
走りゆく子犬の意志のやうな風ランニングシャツを三回揺らす
火を護《まも》る神様降りていらっしゃるもうそのやうなゆふやみの刻
それはとても毛深い空《そら》のやうな音がする　ポストに落ちる手紙

かみさまへのてがみ

はいけい、前略、かみさま。きのうの夕方、うちのニジが裏山の木に登りました。しばらく木の枝に坐って考えごとをしているうちに、黒と黄の横縞模様のスズメバチが、まっすぐにとんできて左手を刺しました。八ツ手の葉の大きさのグローブみたいに腫れて苦しかったのに、どうしてあなたは黙って見ていたのです？　だから、一晩中、星が消えるまで、颪のザラザラ鳴る森の樹にしがみついていたのです。

朝になって、あの人がはしごを樹にかけてくれたので、ニジは土の上におりました。左手は使えないのです。サボテンのグローブのようにトゲトゲブクブクで気持が悪いし、それに中に水が入っていて、水の玉があっちへ行ったりこっちへ転がったり、まるでじっとしていないので痛くて困っています。笑わないで下さい。

一週間ほど前、兎のくもりが訪ねてきました。あなたのお供で。ホーレン草と白菜少しとリンゴを1/4個だけ食べると、ひきとめるのもきかずにあたふたとどこかへ行ってしまいました。ゆううつの魚は池にいる。ひかりは空から射してくる、とあなたの本に書いてありますが、それはどうして、どのように在るのですか、お答え下さい、すばやく、簡単に。私の葦の如雨露が混乱しないうちにお願いします。たとえばお梅さんの財布とソリダッドのオムレツの関係とか、シャーロットパピヨンのワンピースと寺院の鐘の音や落葉との似合いぐあいなどを。

あなたはあなたのひかりのことを書いた変な本を指し示すだけで何も話してはくれません。私はあなたがきらいです。あなたはきのうも私の洗面器の水で手を洗ったでしょう？　それに、あなたの顔は大きくてひかりすぎるので、私のいる位置が私に見えないのです。だから俳句で私はあなたに触ろうと思っています。

ごきげんよう　草々

にじより

注：ニジは冬野虹が飼っていたシャムネコの名前

天使の絆創膏

ヨーゼフ・ボイス、この人は一度、飛行機から落ちて死にかけた。落ちて瀕死のところを、現地人に蜂蜜とバターとフェルトを体中に巻いてもらって生き返った人である。

この人が残していった数々の線や、貼りつけたものや、色や、塊に、私は、強烈な神からのメッセージを感じつづけている。彼が残していったもの、と言ったのは、一九八六年一月、ボイスは、あっけなく〝地球よさらば〟と、いってしまったからである。

ヨーゼフ・ボイス、一九二一年五月、ドイツのクレーフェという街のライン河のほとりに生まれたこの人。ボイスというと、ルドルフ・シュタイナーの思想との関係が珠のようについてくる。又、この人の様々なパフォーマンスが政治的な活動となったり、緑の党の社会運動となり、広場を赤い箒で掃いたりさせた。つきでた神経の針となって行動しつづけたボイスの頭と心の軌跡は、この地球の上に鋭く深く刻みつけられていることと思う。でも、私の魅かれつづけているのは、そのような時間の中でおこった点と点をつないでゆく作業の中にあるのではなく、数冊持っている私の大切な宝物、ボイスの画集の中の、一枚一枚の紙にプリントされ複写された線とかたちのメモリーなのである。それは、描かれているのでなく、美しい線があるのでなく、絵画を超えて、人間の存在そのものを、根元から問い直してくる魂の震動があるのみ。

ボイスの作品は心地よくない。むしろ、のがれたいもの、みたくないもの、触れたくないもの、にむりやり対面させられてしまう。物質と精神を同等に表現しようとしたこの人が、地上に残していってくれた数冊の画集は、人類がのぞむすべての〝ゆるし〟をうけいれている。ボイスのこと、もっと話したいけれど、短い文に納めきれないでいる。私も、このようなことを俳句で書きあらわしたい！　いろいろな方法でやってみたい！　と怖れながらも興奮している。

もう一冊、ボイスと同じほど大切にしている画集は、わが国の誇る哲学者、澤瀉久敬氏著、中央公論社刊の『形』である。ボイスの線の語り方が、時に、きらめく刃の切り口に会ったあえかな植物の視線のように痛々しすぎて、息苦しいのに対し、澤瀉久敬の画集は、やさしい鉛筆の線が色々な表情とことばを見せている。シンプルな線と面の構成は、まるで葦の葉のように並んでいるので〝考える〟という、この世のできごとを、まっさきに手折れるかたちでそれはいいてくれる。

昨年夏のはじめ、俳句の友人が二人、我家を訪ねてきてくれた。狭い部屋とて、お酒のビンがたちならぶ以外、何のおもてなしもできないので、とっておきのヨーゼフ・ボイスの歌のテープを聞いてもらった。四人ともかなりアルコールがまわっていて、よいきげん。最初は、シーンとして、期待のうちに聞いていてくれたが、テープから流れるボイスの声は、あまりに超音楽していて、ゲッゲッ、ウエッウエッ、ウーウー、ゴホンゴホン、と唸ったり咳こんだり、吐き気の時の苦しげな、汚ない摩擦音ばかり。だんだん気分が悪くなってきて、四人ともすっかり悪酔してしまった。ごめんなさい、と天国のボイスさんから、今日伝言ありました。

散歩の毬

趣味は散歩です。私の内側はどちらかというと外側の印象よりくらーく、気分が沈みがちの冴えない人であるから他に気晴らしとか趣味らしきものはなにもない。おけいこごともしないし、テニスとかジョギングも大きらい、縫物はわりあい好きだけれど。うすぼんやりとして何も考えない頭で、家のまわりの小道をふらーっと歩いては立ちどまり、空を見上げたり地面の小石を追っていったりするのが大好きなこと。時々、地下鉄かバスで20分位乗って、見知らぬ街角に降り立ち、駅前商店街など歩いて、サンスターハミガキを買って帰ったりする。ずいぶん貧乏じみた趣味だなあと笑われそうだけれど、ゆっくり歩きながら雲をみたり、目に入ってくるよその家の猫の歩く姿とか、耳と尻尾をピンとたてた子犬の瞳にであうのはとてもたのしい。

今の時期だと空から大きな葉っぱもカサリと降ってくるし、家々の洗濯物も陽をいっぱいふくんだままで幸せにロープから垂れているし——気が沈んできたらすぐ私のまわりを歩きちらすことにしている。昨日は、風祭獣医院の前を通った。狂犬病、ジステンバーの予防注射します、と書かれてある。その横の駐車場の端に陽をあつめて透けたねこじゃらしが一本。そよぐ——。

六月の末は、みどり色の大雨がふってすごい音がした。八王子の瀧山というところに友が住んでいる。ある日、お招きいただいて、夕べの卓を囲んだ時、雨はいよいよはげしく窓をたたいたので革靴を履かずにいた一人の人が頭が重すぎて持っていられないと言い、もうひとりの人がもっと木の実の酒を飲もうと言ったので、明日葉のてんぷらをいよいよ青くして夫人が持ってきてくださったのです。

ハカリ君が歌をあんまり大きな声で歌うので、そこいらじゅう水だらけになってしまった。私は台所の流し台のシンクの中でうとうとしていたら、さっと葉が紅くなって時がすすんだので、まぶしい、まぶしい、と言いながら、ぽくぽくぽくとみんなで白い曲った道をどこまでも歩いてゆくと、つりがね形のむらさきの花があっちからもこっちからももたれかかってきたから、これは大変と、みんなであわててぷるぅんと水滴をはらった。

桑の木の傘の下まできた時、みんなしずかになって地面に揺れるみどり色の翳をみつめていた。十月、小杉武久さんという音楽をする方の美術展を新宿区四谷の東長寺というお寺の地下室に観にいった時は、とてもうすぐらかった。うすぐらい処だったのに私は六月の雨上りの陽の中の木の葉の翳が土の上に揺れていたまぶしい模様を思いだした。

四つの装置は、ほの暗い広い板の間の空間にほんのすこしの白いやわらかな紙片が、くにゃっと置かれている、というか、忘れもののように落ちていて、そこからかぼそい虫のような、木の葉が擦れあう音のような声がでている。ぽつんぽつんと、水を固めたような弓形や皿型の小さな金属性のひかり。

展示されているモノよりも、それをとりまく空気のありようが笹原に吹く小さな風のような、夕方、縁側にのびてくる光のような、かそけき愛につつまれている。

誰もなにも話さずにじっとしている。そして観ている。きいている。みんなの頭がフラフラ草の上を散歩しているようなやわらかな闇だった。すこしずつ、だんだん、わたしはその作品のあまりにデリケートな、シャープなたたずまいにすこし寒いかんじもしはじめたので、よりたくさん夏のはじめの雨上がりの朝の木のみどりの翳を板の間《ま》にみていた。私は、眼をとじたまぶたの中に血の色が透けてみえる陽光を感じていたかったから。

それとも、人が横を通るだけでふわりと形を変え、場所を移してしまう白い紙の不安定な動きに私の気分が添いすぎたから、私の気持はそこからにげだした。

極端に洗われ削られ、ほとんど日本の土蔵の白壁の上にすこし残る夕焼の色の残像のようなすすみ方の神経の糸、それが深々とした黒瓦のすきまからたちのぼるように音になっている。秋来ぬと目にはさやかにみえねども、と言いながら、「風のピクニック」という名の本をくださった。

地下の会場から地上にでるとまだ雨がふっている。信号を三つほど渡り、左に曲り、駅のような紺色のところで茄子の浅漬をみんなで待って、いっしょうけんめい一切ずつ食べたのでした。頭の上は雨だけれどもそれはとてもよいお天気なのだそうです。

メトロの改札口まで毬になってゆく。

１９９１・10・17　虹記す

ルーペ帳

生まれ育った関西を離れることになり少し心細い毎日である。いよいよ引っ越し間近になり、毎日毎日大中小のダンボール箱に色々なものを詰めはじめた。日頃の整理嫌いがたたって驚くことばかり。あまり役にたたない市場やスーパーの買物の時のビニール袋が大量に大型紙袋にきちんと入って、大切そうに納ってあったり、私の背の届かない高い位置の戸棚から、春雨、葛切、ビーフンがやたらとでてくる。買ったのを忘れて又買ってきて、食べるのを忘れていたらしい。いくら自分の好きなものとは言え、我ながらあきれてしまう。食器類ではガラス類が多い。それも半ダースとか五個とか揃ったものはなく、一個ずつ背の高さのちがう薄いコップやら、かき氷や蜜豆用、わらび餅用のガラス小鉢など小さな器。本棚の整理、書籍類の箱詰めは主人にまかせて、私は台所とその周辺を受け持つがやっぱり一番気になるものから荷造りするものらしい。私はまず、金魚鉢。細長いのと平べったいのと二つあるのをビニールのフワフワで包み、さらにカーテンでぐるぐる巻きにくるんで、赤マジックで大きくワレモノ注意！　と書いた紙をガムテープでペタッと貼っておいた。お気に入りのランプも同様にビニールのプチプチに二重に包み、さらにタオルを巻いて、薬局でもらってきたビタミンCのレモン色の空箱に納めた。台所用品はすっかり後まわしになり、薬局からもらいうけた大ダンボール箱しか残っていなくて、多い日も安心、朝までぐっすり、モレナイ、ズレナイ、ムレナイ、と書かれた箱に、フライパン、鍋、トースターなど鎮座ましますことになった。引っ越しの二日前になっても整理、荷造りが追いつかず、運送屋さんがくる一時間前まで、二人ともほとんど眠らず箱詰め作業に没頭した。これも、ラクチンコースの値段をきいて、あまりの高値さに、節約コースを選んだせいである。やがて約束の午前九時になり、日通の帽子をかぶった運送屋さんがやってきて、重い書籍の箱がドッサリと、ワレモノ注意と書いた色々なサイズの箱が狭い部屋にビッシリと積まれているのを見て、素人の荷造り方はワルイ、とか何とかぶつぶつ言いながら階段を降りて運んでいった。家は四階にあったから。一夜明けて、東京に着いた日、夏のはじめの雷が鳴り、夕立ちがさっと過ぎた。ああもう夏なのだ、草かんむりに雷《かみなり》と書く蕾《つぼみ》という字はいい字やねえ、などとのんきなことを思ってみる。うず高く積まれたダンボールの塔はなかなか形を変えてくれないのです。

（「むしめがね」第5号／1990年6月）

＊

このごろ俳句のことを考えると、気持が混乱してくることが多く困っている。季語についてとか、定型とは、とか俳句シンポジウムもあちらこちらで行われているようだけれど、いったい何をどう論じたら俳句が顕ってくるというのだろう。創り手にも読み手にもなりながらつくる俳句という箱に、土があるならば、一瞬にして花と実がなる仕掛が要る。体の関節を全部のばしたその先が星にとどくほどの大きな距離と、速さ、深さ、そういうものがどのようにして創り手に訪れるのか、神秘のことである。俳句に悩める人私のことで言うと、私は俳句をつくろうとする時、どういう状態か、と考えると、あまり浮き浮きした気分、楽しげな気持ではないことは確かである。といって、激した気持の波の上でもない。すこし落ち込んだ、平板な心持ちでいて、自分という我から、すらりと心が離れようとした瞬間に俳句ができてくるように思える。一句、二句と書けてゆくと、あたりはだんだん暗く、身にふりかかりそうな危険な矢の音も耳元でするし、足元も頼りなくなってきている。もっと書けてくると、パタン、パタン、キコン、つるのおんがえしの機織つうさまのようなかんじで書きつづける。瀕死の鶴、というと、ちょっとカッコよすぎて笑われるからやめにして、まあ言ってみれば、私が今、俳句を作っている処が自分の部屋の中であるとすると、私が今居る処、の壁の一部に私がなっている時、がその時のようです。それに、俳句を書く人は鏡をいろいろ持っていないといけないし、又持ちすぎても映しすぎは混乱をまねく。どうしてこんなにさびしいおもいにいたるために俳句を書いているのだろうと私は私にたずねながら、俳句の神に、ノリ・メ・タンゲレ！　とさけぼう。

○

秋に着るワンピースを縫ってみようと思っている。もちろん自己流で縫うつもり。襟元、袖口、裾、は折り返しなしで布地の端がすこしほつれたようなのが好み。スカートの型はそんなに広くないフレアー。布は無地薄手毛織物、ジャージー風のやわらかめで、たて糸よこ糸の太さが同じに空気を通してさっくり織られているガーゼ風毛糸布というかんじ。色は灰味緑青磁さざ波色。裏地、芯地はつかわず、一重布仕立てで。ミシンはこわれているから手で半返し針で縫うからもうこの秋は間にあわないから冬にオーバーコートの下に着ましょう。

（「むしめがね」第7号／1991年12月）

＊

夏は知らぬまにすぎて、はや芒に萩の垂が地に触れるころになりました。今日は、こんな月の美しい宵につくる、虹のおすすめ料理をひとつ御紹介します。

空に鰯雲のある、秋らしい日の夕御飯の卓の上に。

胡瓜を1ミリメートルぐらいの厚さに、たて長に、緑の面が見えるように切ります。それを白い皿に扇のように美しくひろげて並べます。胡瓜は、薄く切る前に、塩でしんなりとさせておいて下さい。そして、それとは別に、胡麻油少々、酢、醤油、味醂少し、味の素、を混ぜた胡麻味の酢醤油をつくっておきます。その中に、ピリッとしたコチジャンという唐辛子味噌をすこし混ぜて（注意、コチジャンはすくなめに）秋の胡瓜の扇の上にサッとかけます。これはつけあわせの菜ですので、次は、メインの鶏肉の八角《バーチャ》香りの蜂蜜焼きをつくりましょう。若鶏のやわらか胸肉を5センチメートル位の大きさに、厚さは2センチメートル位にして、削ぎ切りにし、軽く塩、胡椒をしておきます。20分ほどの後、白ワイン、又は日本酒をふりかけて、一時間ほどねかせておきます。まな板の上で星形の実、八角《バーチャ》を包丁の柄で潰すというか、硬いから、ちからをいれて砕き、2ミリメートルぐらいの星の破片状にしてさっきの鶏肉にすりこみます。よい香りがしますから。さらに上に蜂蜜をまんべんなく塗っておきます。熱くしたフライパンに、サラダ油をたっぷりめに敷き、鶏肉を両面、こんがりとキャラメル色に色が着いてこうばしいおいしい香りが漂いでるまで、気をつけて上手に焼きあげます。鶏肉を火からおろす前に、少し白ワインか日本酒をフライパンに注ぎ、ジューッと音をたてて、さらに香りを複雑にします。白い皿にとり、横に添える温野菜は人参のソテーなど合います。ディルというフワフワしたやわらかい緑の葉も一茎だけ、やきあがった鶏肉のそばに置いてみてください。飲みものは、お好きなのをどうぞ。どちらかというと、ビールより、白ワインか、日本酒の冷たいのが合うようですよ。

もう一品、小さな衣被、皮ごと塩少々ふりかけて蒸したものを5、6個、小皿に積みあげ、上に柚子の皮のすりおろしたのを茶筅でパラパラとふりかけるのをお忘れなく。月がもう、あんなに空高く移りました。

（「むしめがね」第9号／1993年10月）

＊

年末、年始はしずかなうちに移ろった。年明けて一月末と二月には東京に雪が積もった。二月の大雪の日には、雪沓にフードのついたスノージャケットというエスキモー姿で日比谷公園を散歩した。おかげで、ずっとかかっていた風邪をこじらせてしまい、後、一ヶ月ばかり長い間、悪い風邪の症状に苦しめられた。日比谷公園へは家からメトロですぐ行けるので、ＪＲが雪のため止っています、というテレビのニュースを聞きつつ、営団地下鉄に乗って行った。車中の人は皆着膨れていて雪だるま列車となっていた。公園に毎年、技を競って作られている雪吊りの扇状の縄も、いつもは雪を待つこともなく、単なる飾りものだったけれど今年はようやく役にたって、松の葉の上の重い雪を懸命に支えていた。鶴の噴水のところまで深い雪を踏んで行ってみたら、池の真ん中にいつもと同じ形で空を仰ぎ、羽根をひろげた青銅の鶴がいた。羽根の上には雪がしっかりとつもっていたので、それが、今生えたばかりの羽根のように初々しく見えた。池の氷は氷っていて、その上を小石が吹かれていた。氷には薄いところと厚いところがあり、雪をのせてくずれたり、かわいたままで、さらさら雪を吹き動かしているところもあった。図書館の階段を降りて温かいコーヒーを飲みながら、雪の句をつくるつもりだったけれど、図書館も、今日は大雪で早く閉めます、ということで追い出されてしまった。

枯枝に、雪の量が強弱の白い心の翳のように華やいで見えて、よい一句ができそうにドキドキしていたが、雪はげしく、風も強くて筆記用具を持つことができない。その場所でつくることはあきらめて、浮んできたことばを忘れぬよう三回唱えて覚えておいた。野外劇場の椅子の横を通り、出口の方へ歩きかけた。途中、雀の木があった。雪の中でも、小雀たちは元気よく、一羽の合図で五十羽ほどがいっせいに枝から地面の雪の切株の上に降りてきて、雪を食べはじめた。最初、なにか人が雪の上にこぼしたパン屑とか、とうもろこしの粒とかを食べているのだと思っていたが、近よってよくみると、嘴に雪をはさんで二、三度嘴をうごかし、たしかに雪を食べている。つめたい雪を、水を飲むかわりについばんでいたのです。地味な茶色の粋な色彩の小雀の丸いカタチが雪の上にあたたかく、そこだけ、ひかりがはさまったように助けられていた。私はちょっと、ジオットの絵の中の聖フランチェスコになった気分で、雀たちとにっこりまなざしを交わしあったのでした。

○

あこがれていた雪国、越の国に二日間ゆきました。雪の中で句作したくて昨年からずっと行きたかった処。いざ、土、日にゆかん、と出発の朝になってみたら、東京もめずらしく雪景色。何もわざわざ北国へゆかなくても練馬の雪でもよいではないか、とも思ったけれど、やっぱり雪国の、雪しまきとか雪けむりに出会いたく、列車に乗って米沢と新潟へ。大きな注射器のような形に氷った氷柱や、硝子窓にできる、あえかな氷の花の結晶を見て感動しました。雪のふっと降りやんだ時に、雲の切れ目から見えた青空のなんと美《うるわ》しかったことでしょう！　それは露草のうすい花びらの色でした。はじめて出会う碧い色でした。

（「むしめがね」第10号／1994年3月）

＊

「御伽草子」の中の鉢かづきや瓜子姫、七草草子、は、滑稽味をテーマにした物語ではないけれど、読んでいて何とも言えないやさしいおかしさがこみあげてくる。大きな鉢をかぶったままで顔を見せることが出来ない鉢かづき姫が、恋人の宰相殿と二人して発つくだりは、「夜もやう〳〵明方になりぬれば、急ぎ出でんとて涙と共に二人ながら出でんとし給ふ時に、いただき給ふ鉢かつぱと前に落ちにけり」鉢がとたんに、ぽろんと取れた、という描写のところにきて、思わず、ニコッと笑ってしまう。物語そのものは、シンデレラの日本版とも言える単純なストーリーであるが、言葉の隙間に隠された、ゆったりとした笑いの粉が、愛らしく平和的なのである。

「七草草子」は御伽草子の中では、一番短いおはなしと思う。中国楚の国に源《みなもと》をもつおはなし。神様が、長寿の、春の七草と、若水のことを、大しゅうという名の親孝行の若者に教えるくだりが、とても活々とおもしろい。

「七色の草を集めて、柳の木の盤《ばん》にのせて、玉椿の枝にて、正月六日の酉の時より始めて、この草をうつべし。酉の時には、芹といふ草をうつべし。戌の時には、薺《なづな》と、いふ草をうち、亥の時には御形《ごげう》といふ草……」

「……辰《たつ》の時には、七色の草を合はせて、東の方より、岩井の水をむすびあげて、若水と名づけ、此水にて、白鷺鳥の渡らぬさきに服するならば……」と、ある。

想像の翼を何様にも羽搏かせてくれる七草と若水。そしてそれらは同時に、来るべき新年の、リンとした緑色の淑気を、早々と心の内側の膜に浸透させてくれる。永島靖子さんの佳句、「七草の眠りは路地を行くごとし」の、ほのかな春草の香の予感のような一行を思い出した。十五世紀の日本、戦争の絶えない暴力的な時代であった室町初めのころの不安な市街を右往左往する庶民の数すくない楽しみの箱の一つが、「御伽草子」であったろう。

私も、御伽草子の中の奈良絵の秋草の庭を散歩しよう。そして、あした、冬にむかう時間《とき》の舟に揺られ、かたむきかけた秋のこまかいひかりを、私のペン先は上手に伝えることができるだろうか。

（「むしめがね」第12号／1995年11月）

＊

「むしめがね」9号のルーペ帳に記した、ア・ラ・キュイジーヌが、虹の俳句作品より大変好評（?）だったので、今日は、ふたたびエプロン姿の台所で、「流れ行く大根の葉の早さかな」の一句、思いつつ、創作大根短冊型切り片など水に浮べてみます。

今日のは、大馳走なので、メニューのみ書きます。味のほどは責任持てませんが、御自由につくってみてくださいね。それでは、

！虹の、夢のア・ラ・キュイジーヌ!!

まず、透明な薄いシンプルなグラスに氷の音をひびかせながらしずしずと食前酒を運びます。宇治桐原の湧水初氷水晶岩入黄玉色《トパーズ》Ｓｕ《ス》ｚｅ《ズ》酒をどうぞ。それから前菜、量はすこしずつ、シャコンヌ風鶉《うずら》卵のあけぼの染め。青菜ルッコラと、独活の小短冊型切り薄絹《すずし》光り、レモンしぼり汁かけ、塩小時雨すぎしのち、ダフネ印淡緑色オリーブ油和え。西風ゼフィール好み山鳩胸肉と箒草の実の寒天寄せ。殻つき小海扇《ほたてがい》のマリネ、セルフィーユ目守《まも》り。

スープは、探幽写し鶏エキスコンソメお清汁《すまし》、岩石囲み春雨入りシャンピニオン舟浮遊池風。このあたりでパンがきます。パンは、カルメル修道院製カルメラ型穴あきバゲット三片、バターは四ツ葉のクローバー印淡山吹色北海道バター。赤葡萄酒は、アドリア海の夕陽の降染《くだち》まりアドリアロッソ。白葡萄酒は、陽あたりのよいトスカナの丘の坂のとちゅうの朝露に守られたマスコット葡萄の香りのビアンコ。ミネラル水は、六甲のおいしい水。

いよいよメインのお皿がきます。まず、五月の庭陽敷き明石鯛のバルザック風塩焼き、青紫蘇細糸刻み天散らし添え。夜鶯《ナイチンゲール》のクスクス風唐揚、林檎と蕪菁《かぶ》のマール酒

香りソテー添え。スピネットを弾くアンヌ風夏衣兎の天火《オブン》焼きの後《のち》ポポン辛子入りクリームソース煮メヌエット風、人参六角形片悦楽の園風グラッセ添え。食べすぎた方には、少し時間をおいてから、ほんのり冷やした、あわて床屋風春雲ブラマンジェを。それから水菓子、姉の島産柑橘類ポンデローザのシロップ、ギャロップ夕陽浸し。そして、夢のあと風味柚子淡黄一片浮くエスプレッソ珈琲、砂糖は小千谷《おぢや》の町のさらさら雪音グラニュー糖。やっと、食後酒、ソメイユの種入り木苺酒《フランボアズ》に着きました。

さて、どのような光景のテーブルができあがったでしょうか?

よい時間をおいのりします。

○

我家からクリニング店へ行く途中の道の左側に草が育ったままの空地があり、春夏秋冬それぞれに美しい空間をみせてくれていて、虹のお楽しみ筥のひとつとなっている。何の手入れもされていない空地なので、野草が思いのまま花をつけたり実をつけたり、淡砂色に全身をひからせて風に吹かれていたりする。今は冬だから草の葉先が細く、よわい光をうけとめる慈悲深い庭の掌の線となって思い思いに交叉している。私は、ここの蚊帳吊草がとても好きです。夏と秋に摘んだ蚊帳吊草を、いつも居間の柱に、押ピンで止めてあります。クグというのは蚊帳吊草の古名、ヒメクグ、ウシクグという名の蚊帳吊草も、線香花火科妖精草の言葉を話すし、ミズカヤツリ、コゴメカヤツリ、アゼカヤツリは友として、私の句や歌の中に沢山いてくれている。こどものころ緑色の小さな茎をそろっとひっぱってつくった四角い蚊帳形、蚊帳吊草の中で遊んだ時間を、いつまでも、どこへでも洗濯物の入った透明ビニール袋の中に持ち歩きたい。

（「むしめがね」第13号／1997年3月）

＊

また秋になりました。私にとって夏はいつも知らぬまに行ってしまいます。秋の雲が、ゆうぐれの弱い光に囲まれて、小猫の背のように体温を持ちはじめるころ、はや我家のベランダの朝顔は来年に向けて種を堅く実らせています。そのむこうに、洗濯物の、花模様のタオルが、天のロープから両掌を垂れて、夕焼空を受けとっているいま、私は、ここに、こうして呼吸している幸せを思わずにはいられません。

尊敬する友人、Mさんがお貸し下さった『三木露風詩集』、何度も読み返しています。大正十五年十一月十六日、第一書房発行の初版本です。定価三円八十銭と書いてあります。奥付にセピア色の美しい線画のある切手のようなシールが貼ってあります。そのシールの中の像の人は、右手を上げ、左手に十字架のついた球を持ち、長いドレープのある衣の長髪の賢者の姿です。表紙は、うすいベージュ色に濃い栗色で小さな草花が図案化されて、五個、六個、五個、と点々と置かれています。背表紙は同じ濃い栗色地に横書きで三木露風詩集、と金文字、そして中ほどの位置に星がひとつ輝いています。天金の頁《ページ》のあいだに、赤蜻蛉の茜色をした栞の細い紐が一本、時間の流れをちょっと止めています。この詩集は、私が病院に居るあいだ中、枕元にあって、七草の籠、お雛さまの扇と共に、私の想像の散歩の庭に澄む泉水でした。

「水」——
山上《さんじやう》の／おちくぼに／たたへたる／ふるきみづ／あまぐもを／うかべたり。
いつよりか／かくたたへ／いつまたも／乾《ひ》ぬべきや／山上の／あゝ水よ。

三木露風

この詩は三木露風のうんと初期の作品です。ふっと通りすぎてしまうようなたたずまいの中に息づく言葉のやさしさに包まれました。

そして、また、優しいYさんが手渡して下さったガストン・バシュラールの本の表紙の写真、うっとりと揺れる炭火のしずかな紅い色に暖められています。すべてに——ありがとうございます。

○

永田耕衣さんが空の住人になってしまわれて一年が経ちます。私達が東京に移ってくる前、八年ほど昔のことです、神戸の私達の住処の電話が鳴りました。「コーイです。元気？　あなた達の近くの湊川神社能楽堂で来週ええ能があるねん、一緒に観に行かへん？『胡蝶』やから、短かいけれど綺麗と思うよ、どうですか？」と、はっきりしたよく響く声がきこえました。

その日が来て、わくわく、ドキドキ、湊川神社の境内に待っていると、石畳をカラカラ下駄の音がきこえ、茶色のマフラーの両端をさりげなく垂らし、枯葉色のツイードのジャケット姿の耕衣さんが、「やあ、待った？　そこの高速神戸の駅の階段のところで、乞食のオッチャンに呼びとめられてな、ワシの髯のこと、ええなあ、とさかんに賞められた、あっはっは」と、とても嬉しそうに笑っていらっしゃいました。「胡蝶」を観ている間じゅう、耕衣さんは、左手で拍子をとりながら膝を軽く打っていらっしゃいました。能舞台の上の蝶々の精は、冠を揺らし、薄絹の袖を拡げ、時間を拡げ、私達を観客席から消しました。耕衣さんをはさんで右と左に座った私達は、舞台の上で笛と鼓が鳴っているあいだ、耕衣蝶の二つの翅となって空中に浮かびました。

笛の音と鼓が止み、橋を渡って蝶々の精が幕のむこうに消えると、耕衣さんはおっしゃいました。『胡蝶』は、ほんまに夢の夢やなあ」

花前にて舞ひたる蝶の捕らへらる　　　永田耕衣

○

この冬に、私は今までとちがう私の言葉を何かのカタチで読んでいただきたく思っています。皆さまに。

背骨、鎖骨、肋骨、が肺や心臓の動きに応えて存在していることを以前よりはっきりと感じとることができるような気がしています。新しいノートと鉛筆を買いました。

空気の条《すじ》に揺れている私のみずたまりから天《そら》にさしだす点線の手紙を書きます。

（「むしめがね」第14号／1998年9月）

はつなつの七つの椅子

カフェ・プルコワにて、六月十七日、午後二時より会議あり。
出席者――ヤカナケリ大使、行基、ミシェル・ド・モンテーニュ、式子内親王、
ガストン・バシュラール、平等院の天使《アンジュ》（雲中菩薩）、横井也有、冬野虹。
カフェ・プルコワの室内に湯の沸く音が充ちている。

ヤカナケリ大使　よく降りますねえ。

虹　やっぱりヤカナケリさんが一番早くいらっしゃった！
今年は雨の多い夏らしいです。
今日は緊急夏の大会議でして、七人の方に御案内状を出しました。嬉しいことに、全員、出席のお返事をいただいたので、大きなテーブル一つと、ななつの椅子を用意しました。

ミシェル　ボンジュール！
やれやれ、やっと着きました！　私は強い日差しが嫌いなので、今日のように雨の日の方がうれしいのです。私の絹のソックスは濡れてしまいましたが、日本の、梅雨のこまかい雨が、ななめに降りつづいている中を、紫陽花の毬をあちこちに眺めながら、道草しつつ、迷いつつ、目的地に向かうことは、とても楽しいものです。ところで、私は喉が渇きました。何か飲みもの、カフェクレームを注文してもよろしいかな。

虹　ええ、もちろんですわ。どうぞ。

その時、カフェ・プルコワのドアの硝子に撫子重の紅と淡紫の色が映って、にじみ……

式子内親王　こんなに濡れてしまって……みなさま、ごきげんうるはしう。メトロを降り、石神井川に架かった橋を渡ってまいりましたの。川の両側の堤の葉桜が美しゅうございました。

長い黒髪に雨粒をひからせながら、式子は、ヤカナケリ大使のとなりに座る。よい香りが袖よりこぼれる。

あ、わたくしも熱いカフェクレームをいただきます。

虹　式子さん、ようこそ、お待ちしておりました。

ミシェル　お美しい方ですなあ……はじめまして、式子プランセス。私はボルドーから来ましたミシェルです。

ヤカナ　今日は、羽根の生えた人が一人、琵琶を持って窓からきてくれるはずなんですが……、でもこの雨では、翼が重くてそんなに速く飛行できないでしょうね。おや、もう、来ていらっしゃる。ミシェルの隣に居る小さな人、そう、首を少し傾けて座っていらっしゃる。天使《アンジュ》、奈良も京都も、雨でしたか？　昨日は、宇治橋の上から、宇治川の水の流れをみつめていらっしゃいましたね。

天使《アンジュ》　（無言、琵琶を弾きつつ微笑む。青空のすきまからこぼれるような

ほほえみ）

虹　ガストンは、お年を召していらっしゃるゆえ、林檎の木の下で骨折なさったらしい、と、バール・シュル・オーブの友だちから先日、おたよりありました。大丈夫かしら？　今日は無事、いらっしゃれるかな？

カフェ・プルコワのドアーがギィーッとひらき、一人の老人が、白雲の髯に顔中囲まれ、ゆっくり中に入ってくる。

ガストン　おお、虹さん、久しぶりですね、すっかり元気になられて。わたしも、骨折、意外と早く治りましたよ。今日は、この髯の手入れをして、オシャレしていましてな、少し手間どりました。おや、妙《たえ》なる楽の音《ね》がきこえているではありませんか、ほんとに、心の間《ま》に滲み入ってきて、うっとりしますねぇ……

ヤカナ　ガストンさん、あなたのふるさと、フランスのシャンパーニュ地方のオーブ川に、昔の共同洗濯場がありましたね。あれは今でも町の人々が使用しているのですか？

ガストン　ええ、川で洗濯しながら、みんな楽しく話をするのです。蜜蜂が笑いながら、くまつづらの花の中心に止まっているあいだにね。海苔巻を重ねたような巻髪の鬘をつけた判事が、つるつるのタイルの唐草模様の上で、桃色のハムをうすくうすく切り分けているあいだにね。虹さんが台所で、夕暮のぬるい水の下をくぐりぬけ、小豆御飯を炊いているあいだにね。

そうだ、私もカフェクレームをいただこうかな。

虹　ああ、也有さんがいらしたわ。今、向いの青信号を渡って、こちらに歩いていらっしゃる。

唐傘を斜めにさし、黒鳶のめくら縞の着物の裾をからげ、足に、紺の鼻緒の朴歯の高下駄姿にて也有現る。虹は、その姿を見て、飯島晴子さんの「これ着ると梟が啼くめくら縞」という一句をなつかしく思い出している。

也有　おのおの方、すでに来ておられますか、遅くなったこと、おゆるし下されい。

ミシェル　あなたが也有さん？　ボンジュール、はじめてお目にかかります。私は、あなたがお書きになった俳文集「鶉衣」を読んでいたく感動いたしましたのですぞ。私が、ボルドーの葡萄畑の中にある城館の三階の書斎にこもって考えていたことと、相通じるものを、あなたの美しい日本語の中に見つけたのです。そして、あなたとあなたの文章にとても親しみを感じました。たとえば、「奈良団扇について」の短いエッセイと、文尾のあなたの俳句、

袴着る日はやすますする團《うちは》かな

は、とても好きです。私の言い表したいこと、私の、分厚いEssais《エッセイ》三巻、の中に、書かれているであろうことを、この詩（俳句）の一行は、みごとに、簡潔に、そして深々と、あざやかに、指し示してくれているように思われるのです。日本の俳句という詩は、なんとすばらしいのでしょう。私も、もっと早く、日本のことを知っていたら、この風雅なるもの、俳句、に魅せられていたにちがいありません。「鶉衣」の中の、日本の四季折々に呼び名を変えて言い表される「餅」のことを、美しい織物のように書き綴られた「餅辞」の章。かき餅のいじり焼、とか、時雨こがら

しの寒きまどゐに、火鉢のもとのやき餅もおもしろき時節……、など、私は切に、体験したいのです。実に豊かな精神が、ここに息づいているではありませんか？

カフェ・プルコワのドアがゆっくり開き、雨の滴と共に、一人の僧（行基）がしずかに入ってくる。

行基　おそうなりました。どなたさまもこんにちは。私は、近鉄奈良駅前に、長いこと、杖と傘を持って立っていたのですが、今日の緊急会議には、ぜひとも出席しとうて彫像の中を抜け出してきましたんや。

数珠をテーブルの上に置きながら……

私にも、カフェクレームちゅう飲物、くださらんか？

ヤカナ　行基さん、あなたのつくられた池や、道路や、橋は、今も御仏の慈悲の心に支えられて生かされていますよ。今日は、宇治の平等院から天使が一人、感謝のための楽を奏しに来てくれているのです。

雲中菩薩、窓の傍に寄りて琵琶を奏ではじめる。

式子　ああ、なんと美しく、はかない「今」の「ここ」なのでしょう。虹さん、わたくしは、いつも窓辺でひとり、雨を見つつ長息《なが》め暮らして生きていますが、空から降ってくるものも、ひかりの生命を抱えて、時間的、空間的な愛の中にうずまってゆくのではないでしょうか。

虹　まあ、式子さん……、あなたは、十二世紀末に地球に居らして「空ぞ忘れぬ」と、歌の終わりを感嘆的詠嘆ことばで、初夏の空を描きとめられましたね。私は、あなたの歌が大好きなのです。あなたの歌をよむたびに、私の泉にも新しい水が鼓動しつつしずかに湧きあがってくるのです。私の尊敬する俳人、飯島晴子さんの作品の中にも、あなたの空の色が映っていると思うのです。たとえば、晴子さんのこのさるすべりの句、「さるすべりしろばなちらす夢違ひ」、そしてこの空の句、「天網は冬の菫の匂かな」にも。そして、二十世紀を生きた人、晴子さんは、このようにも書き記してゆかれました、「襖しめて空蟬を吹きくらすかな」。

ミシェル、はどう思いますか。

ミシェル、あなたにとって、言葉とは、呼び水のようなもの？　でしょうか、そして、観念とイメージとの縫いあわせ目は、とても深く、気がつきにくいところにあって、なかなかそれと、わからないものなのでしょうか？　そして、あなたの言葉は、一つの目的地に向って、ただまっすぐにゆくのでなく、迷子になりながら、通りすぎながら瞬間、瞬間に、考え、思想、が衣服を着、「形」を結んでゆくことで、明らかになってゆくのでしょうか？

ミシェル　そうかもしれません。

私のEssais《エッセイ》の中のひとつ、「おどろおどろしい怪物のような子供について」という章を、虹さんは読みましたか？　奇怪な子供の、二つの肉がひとつになり、奇形児の、未熟児の、四方八方に手や脚がでていて、頭はひとつ、臍《へそ》、不完全さ、不調和さ……。私が、この章で何を言いたかったのか？　おわかりですね。式子さんの、「ほの語らひし空ぞわすれぬ」と、共通の精神が、この中にもあるはずです。そして、飯島晴子さんの「八頭いづこより刃を入るるとも」の宇宙の中にも。

ヤカナ　ミシェルさんが今、言ってらっしゃること、は、也有さんの「鶉衣」の中の、「臍頌」の文末の一句、

友とせむ臍《ほぞ》物いはゞ秋の暮

に、ひかりを送り、また、私達、人間というものの存在の骨の継ぎ目を揺るがしもするようです。

ガストン　ああ、よい俳句ですねえ、この句を頭の中にひろげると、わたしは、今、突然、故郷、バール・シュル・オーブの町の、私が授業をするために、オーブ川の橋を渡って通っていた高校の校庭の、ベージュ色の空間が眼にうかびます。その校庭の上の空は、消毒ガーゼに沁みこんだ水の匂いがしていました。行基さんが、むかしむかしに、水を引き、つくった池の水面に、睡蓮が咲いています。

やっとのこと
いたずらな様子をみせ
すすんで
明るくする
睡蓮のはな
水の輪に

試されるひかり……

虹　……

うけとった青い痣
許される空の重さ
立ちすくむ意志
咲きつつまれ
おもいだして
迎えられ
水をはなれ
あけぼの《オロール》の縁《ふち》へ
高くゆく
いっしょに

行基　「水の夢」は、私が皆といっしょにつくった池や井戸の、橋の、畑の、まわりに、継ぎ足された水の枝をのばして、細うなった径の先をまがり流れてゆくのやなあ、ものぐるほしいこの世の笹の先を、ざわめかせながらゆくのや、ほんに、みんな、こんなに急いでどこへゆくのやろ……

ヤカナケリ大使、柱時計の針を見てから、窓の方に眼をむける。

ヤカナ　雨もあがったようです。まだ、会議ははじまったばかりで、1/3も語りあっていませんが、今日の予定の時間、五時になってしまいました。次回の集まりの日には、このつづきをします。また、同じメンバーで行いますので、みなさん、忘れぬよう御出席下さい。

雨が止み、夏の夕空が、刷毛を紅色に染めたような雲を、あちこちに生まれさせている。カフェ・プルコワの隣の電気店の赤犬は、今日はおとなしい。耳は垂れている。鼻はぬれている。道路脇のゆれる蚊帳吊草を見つめている。

虹　行基さん、式子さん、ミシェルさん、也有さん、ガストンさん、ヤカナケリさん、そして、平等院の天使、きょうは、お集まり下さってありがとうございました。できるだけ早く、次の会議の日の御案内差しあげます。その日まで、お元気で！

平等院の天使、カフェ・プルコワの窓より、衣をなびかせつつほほえみ、発つ。琵琶の音降りつづく……

V

冬野虹論

四ッ谷龍

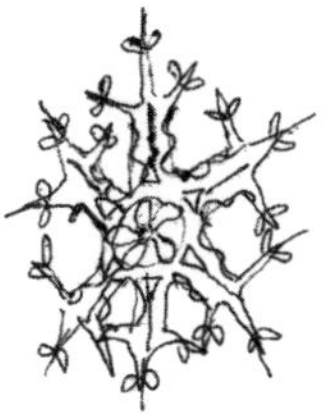

あけぼののために

本稿は『冬野虹作品集成』（2015年4月、書肆山田）刊行後、「むしめがね」第20号（同年11月）に掲載したものである。

一、君あらあらし

冬野虹の俳句について考えるとき、私の心にいつもまっさきに浮かぶ作品に

はるのすな君あらあらし我かすか　『雪予報』

がある。彼女と初めて会って間もないころ、「鷹」誌上で発表された句だ。ひらがなの中に「君」と「我」だけがぽつんと漢字で置かれている繊細な感じが、いかにも彼女の人柄にふさわしいように思えた。「あらあらしき」君に対する「かすか」なる我の悲しみが対照されていて、その悲しみが「はるのすな」という細かい土壌に吸い込まれていく。景色の柔らかさが、読み手の心に哀愁を浸透させていくような効果を与えていた。

※以下、冬野虹の作品を引用する際には、俳句については句集名（『雪予報』『網目』）を、短歌については歌集名（『かしすまりあ』）を付し、自由詩の場合は詩集名を省略して作品名のみ記すこととする。

冬野虹の作品では、「かすか」なるもの、すなわち軽やかで細かくて淡々《あわあわ》とした微妙な存在が、繰り返し描かれている。風の中に揺れる薄布のようなデリケートさこそが、虹の表現のベースをなしているのだ。

陽炎のてぶくろをして佇つてゐる　『雪予報』

こはさずに螢を袖に胸に髪に
はつふゆの軽い朝日は如雨露から
あはゆきやほほゑめばすぐ野の兎
食卓をうすらひ翳るごとく去る
立葵ゆふぐれの窓淡く塗る　『網目』
小鼓型の硯に波の絵がありてその金の線ほそく唄へる　『かしすまりあ』
伊勢に来ると人の匂ひは細くなりかすれかかって須恵器の罅《ひび》に
自画像を描こうとすれどわたくしの鉛筆霞みかすみ画くのみ

これら細やかな存在たちは、必ずしもつねに作者自身を指すとは言い切れないかもしれないが、しかし「わたし」と関連づけられているケースが多いのは確かである。「螢を袖に胸に髪に」置いているのは、（「こはさずに」という意志がそこに入っていることから）虹の自己イメージと捉えるのが自然だろう。だとすれば類似した場面を描いた「陽炎のてぶくろをして佇つてゐる」を自画像と考えてもよい。「自画像を描こうとすれど」の歌などは、はっきりとみずからの像をテーマとしたものになっている。

一方で「あらあらしき」存在のほうは、そうたびたび取り上げられるわけではないが、中には次のような例が見られる。

恋敵《こひがたき》を蹴っとばしては投げとばす聖林《ハリウッド》スターの胸毛おそろし　『かしすまりあ』
なでしこの凪より立てり鬼軍曹　『雪予報』
リア王の額の筋と虫時雨　『網目』

聖林《ハリウッド》スター、鬼軍曹、リア王（怒りによって冷静な判断を失った王）などは「あらあらしき」ものの系列に入る存在と言ってもよかろう。ただ、これら三作品では、あらあらしきものたちはいささか滑稽に、ユーモア豊かに描かれているのが特徴である。一首目では「胸毛」という、肉体の中でもいちばん野趣に富んだおかしな部分が取り上げられており、二、三句目では、鬼軍曹やリア王に、なでしこや虫時雨といった正反対の柔らかい季語が配される。これらの滑稽さによって、あらあらしさはコミカルに鎮められていくのである。

それに対して、先に挙げた「はるのすな」の句は、けっしてコミカルではない。あらあらしきものとかすかなるものの間の断絶が、痛々しく露呈している。かすかなる我が和らげようとしても和らげることがないあらあらしさを「君」は示していて、そのために一句は悲しい印象を与える。この句の「あらあらしき」ものとは、いったいどのような者を指すのであろうか。

あらあらしきものとかすかなるものがもっとも典型的に対比されている虹の作品に、童話「葉の上の」がある。この物語には、四つの登場者が現れる。「兎」「オーブ（あけぼの）」「リス」「狐」である。物語は、兎がフランボアーズ（木苺）が入った籠を持って駆けてゆくところから始まる。兎は、道端に透きとおった玉を見つけて、「こ、これは、なに、かな？」と質問する。オーブ（あけぼの）が、それはエフェメールという名を持つ露だと教えてくれる（注1）。兎は喜んで、露をフランボアーズの籠にそっと大切に入れる。

兎にリスが近づいてきて、「これは、なあーに？」と訊く。兎は、フランボアーズとエフェメールをリスに分けてあげる。リスは大喜びして、フランボアーズを夢中になって食べる。

そこにやって来たのが一匹の狐。狐はリスに「ねえ、その、ひかっている玉はなんだい？」と尋ねる。食べることに夢中なリスは何も答えない。狐はエフェメールにそっと触ってみるが、その触れる手はだんだん乱暴になり、最後は露をはじき飛ばしてしまう。

悲しんでいるリスに、オーブが告げる。「エフェメールはね、お空にのぼったのですよ、おひさまのひかりといっしょに……　ほら、このように、ここに、柏の葉っぱの上に、千のことばを残していったのです……　見てごらん！」狐は、自分がどんなに大切なものをこわしてしまったのかを悟る。狐はリスから一枚の葉を受け取って、和解する。最後に、この一部始終を見ていた「兎」とは実は作者自身のことなのだということが明かされる。そして、「狐は、とても善い人になり、ものしずかな読書家になったのでした」と締めくくられる。

物語では、狐が露の玉をこわしてしまう場面が、念入りに描写されている。

はじめのうち、狐の二本の手は、とてもやさしく、しずかに気を配っていました。けれどもだんだんと、荒々しくなり、エフェメールに向って、嵐のようになってゆきました。狐の嵐の手は露の玉のエフェメールを、こわしてしまったのです。
狐の手が、エフェメールを追いはらってしまいました。
はじきとばし、遠くへまきちらしてしまったのです。

「嵐の手は露の玉のエフェメールを、こわしてしまったのです」「はじきとばし、遠くへまきちらしてしまいました」「狐の手が、エフェメールを追いはらってしまったのです」と、一つの行為が三回繰り返して描かれている。ここで、作者・冬野虹が狐の行為に対して強く憤激していることが、はっきりと表されている。ここで狐とは、まぎれもなく「あらあらし」きものにほかならない。

一方で、エフェメールが「かすか」なるものを示していることも明瞭である。エフェメールというのはフランス語で「つかのまの」という意味、はかない物を示唆する語なのだ。エフェメールを愛する、兎、オーブ、リスの三者も、「かすか」なるものに連なる存在であろう。

ここで、「あらあらしき」ものを愛する者を女性的存在と、「かすか」なるものを愛する者を男性的存在、仮に呼ぶことにしよう。二分して決めつけてしまうことには、後に述べるようにいささかの問題があるが、童話の中で狐が男性、オーブと兎とリスが女性として描かれていることからも、虹が男女の差を、両者の性格の違いに当てはめてイメージしていたと言っても、的はずれではあるまい。

男性的存在、女性的存在とは虹にとって具体的に誰を指していたのかは、続いて考えていかなければならないが、その前にここでは童話の中で狐が反省し、リスと狐が和解したことになっている点を、ことさらに強調しておきたい。虹にとって、あらあらしきものはそのまま放置しておいてはならず、善い人に、ものしずかな読書家になれるように導かなければならないとされているのだ。あらあらしきものを善い人へと変えるために感化を与えるのが、かすかさの価値を知る者たちの使命として、捉えられているのである。

虹が生前愛した映画に、ビクトル・エリセ監督の『ミツバチのささやき』やロベール・ブレッソン監督の『ラルジャン』があった。前者では、六歳の幼女が脱走兵に食べ物を与えて養い、後者では田舎の老婦人が家に逃げ込んできた脱獄囚を匿う。かすかなるものを知る人間の中に宿る、あらあらしきものを守り育てるという気質が、これらの映画では典型的に示唆されていたのであった。

二、穴川家の三姉妹

『冬野虹作品集成』（以下、『集成』とする）に収録する虹の年譜を編纂するために、私は虹の妹の森岡和美さんを訪問し、若い時代のできごとについていろいろ話をうかがった。そのとき、和美さんは意外なことを私に語った。

姉の俳句に、

泣かないで丸餅三つ走ってゆく

というのがありましたでしょう。あの三つの丸餅って、私たち姉妹三人のことじゃないかなあ、そうだとよいなあって思っているんですよ。

句集『網目』に収録したこの句は、不思議な感覚をかきたてる作で、その内容は私にとってずっと謎であった。なぜ丸餅が「三つ」なのか、三つの丸餅がなぜ「走ってゆく」のか、とくになぜ上五に「泣かないで」という呼びかけがあるのか、さっぱり理解できないままであった。ところが和美さんの解釈を聞いて、アッと驚いた。丸餅が三姉妹のことだとすると、すべての謎が解けるではないか（注2）。

虹の実家（穴川家）は五人兄弟姉妹で、うち三人が女性であった。長女が裕代《ひろよ》、次女が虹（順子）、三女が和美で、年齢は八歳ずつ違っていた。姉の裕代は虹がもっとも深く慕った人であり、子供のころから姉にくっついて歩いていた。この姉の思い出を書いたのが、エッセイ「桜の木」である。

裕代は踊る人になり、江口乙矢モダン・ダンス舞踊団で将来を期待される存在となった。両親は裕代が風変わりなダンスを踊るのを嫌い、何とかしてそれを止めさせようとしたが、彼女はこの件についてはまったく譲らなかった。虹は家族の中でただ一人姉の味方で、ダンスの練習や公演に声援を送り続けていた。

ある日、裕代はハンサムな男性と結婚することになり、ダンスを止めた。あれほど大切にしていたダンスをなぜ止めてしまうのか、虹には理解できなかった。姉の結婚式の前夜、家族は父の囲碁の部屋に集まり、裕代を送る会を開いた。

七人の家族が集まって、嫁ぐ姉に贈る言葉を言うことになったが、私は、明日には姉がこの家から居なくなるという悲しみに胸つぶれて、ただ、泣くばかりで何も言えなかった。姉とは十六歳年が離れている一番下の妹はまだ幼く、テーブルの上のお菓子をうれしそうに食べていた。

（「桜の木」）

結婚して数年後、裕代は病を得て倒れた。入院した姉を虹が看病したが、三十三歳で亡くなった。姉の死は虹にとってもっとも辛い、重要な出来事であった。虹作品のいたるところに姉への示唆を見ることができるが、とくに第一句集『雪予報』の開巻一句目に

鏡の上のやさしくて春の出棺

という葬儀の場面を置いているのは、この句集が亡き姉に捧げたものであることを暗示しているのだろう（注3）。

このような背景を踏まえるならば、そして丸餅が穴川家の三姉妹を暗示するのだとすれば、「泣かないで」というのは、裕代が結婚式の前日に虹にかけたことばだったのではないかと推測できる。そうだとすれば、「泣かないで丸餅三つ走ってゆく」という句は、生死を分けた姉妹三人が、その

悲しみにもかかわらず明るく走っていこうとする姿を描いた作だったのではないだろうか。

そのことを理解するなら、童話「葉の上の」に登場する三人の女性、オーブ、兎、リスは、やはり穴川家の三姉妹を指していると考えるのが適切ではないか。次女的存在と言うべき「兎」が作者本人であるとされている点からそう推定できる。またエフェメールを失って悲しんでいる「リス」に対して「オーブ」が「エフェメールはね、お空にのぼったのですよ、おひさまのひかりといっしょに……」と慰めのことばをかけるのだが、これはまさに「泣かないで」と言う裕代の優しさを体現しているようだ。兎、リス、狐が実体のある生物なのに、オーブだけがかたちを持たない存在なのは、長姉がすでにこの世の人ではないことを示しているのだろう(注4)。

「葉の上の」が穴川家を舞台とした寓話であると考えるならば、あらあらしき「狐」も、穴川家の人間を指していると見られるのではないだろうか。私はおそらく、狐は長兄をモデルにしているのではないかと思う。虹の兄は、現実的な価値観を持っていて、女性のやさしい心理とか、創作とか、美といったことに興味を示さない人であったようだ。冬野虹は生活のすべてが芸術であり創作であるという人であったから、兄妹関係には難しいものがあったに違いない。長兄だけが狐のモデルというわけではないだろう、おそらく傷つきやすい心を受け止めようとしない世の中の多くの男性たちへの抗議がここにはこめられているのだろうが。

狐がこわしてしまうエフェメールというのは、虹が大切にしていた芸術や創作のこと、端的に言えば「詩」のことではないかと私は思う。ここで私が詩と言うのは、いわゆる「現代詩」「自由詩」「西洋詩」などのジャンルのことではない。人の心に宿る、現実的な価値観に左右されない感受性のことである。狐は、詩を解することができず、エフェメールをこわしてしまった。オーブはリスに、「エフェメールが柏の葉っぱの上に、千のことばを残していった」と告げる。詩を知る心が傷つけられたとき、その悲しみは作品として残る。詩を知る心が傷つけられたとき、その悲しみは作品として残る。作品としての詩や、音楽や、絵画等々は、傷つけられた感受性が残していった軌跡なのだということを、虹は言いたかったのではないだろうか。
エッセイ「桜の木」のほうに話を戻すが、このエッセイには初案と言うべき下書きがあった。その中では、姉の裕代を死に至らしめた人間に対する怒りが、その人物をはっきりと名指しはしていないものの、表明されていた。裕代の結婚相手は、オーケストラの楽器奏者であったが、夫の母親は息子を溺愛する人であった。その結果としてありがちな「姑いびり」が婚家で始まった。結婚後、裕代は体調をひどく崩したが、姑のいじめを受けまいとして、懸命に家事をこなした。無理がたたってついに倒れ、入院し、早い死を迎えたのである。裕代の死後も、姑は彼女について酷薄な言動をとったという。自分がもっとも愛する姉のことを迫害し、無理を強い、ひどい目にあわせた者に対する憤りが、たいへんささやかで不分明な形ではあったが、初稿には示唆されていたのである。しかし怒りはかえって姉の美しい思い出を翳らせてしまうかもしれないと考え、その部分を虹は最終稿では次のように書き換えたのだった。

　亡き人の想い出は、残された者に、美しく、なつかしい部分だけが時を経るほどに大きくふくらんでくるものだから、何を記しても、死者にささげる花束のようになるものである。

先に私は、「あらあらしき」ものを男性的存在、「かすか」なるものを女性的存在と呼びながらも、そのように性別で二分して決めつけることには問題もあると書いた。なぜなら虹は、この姑のような人間のことも、「あらあらしき」ものの中に含めていたのではないかと思うからだ。「あらあらしき」ものとは、利己的でやさしさや思いやりを持たない人間、詩を理解しない人間、世の中には金銭や栄達と引き換えができない大切なものがあるということを知ろうとしない人間を意味するので、それは必ずしも男性に限定されることではないのだ。
虹の詩集『頬白の影たち』の中で、「柄杓」と題された短い一篇を、私はたいへん美しい作品だと思う。

柄杓　louche

アキハバラの
駅にゆき
ホームのなかほどにある
暗い売店の
つめたいミルクを飲み
それから
階段を降り
鬼灯の鉢を買った

カーテンの翳で
泣きつづける
あけぼの《オロール》のために

東京の秋葉原駅前は今は高層ビルが建っているが、昔は青果市場があり、市場が移転してからしばらく空き地になっていた。虹と私は秋葉原駅のホームにあるスタンドでミルクを飲んだあと、空き地で開かれていた地方物産展をひやかし、テント張りの店で鬼灯の鉢を買って帰った。その時の出来事を描いた詩だ。第一連は、事実をそのまま描いた内容である。ところが第二連で突然「カーテンの翳であけぼのが泣きつづける」という美しく傷ましい心象が出現する。その飛躍が、たいへん詩的であると思った。はじめて読んだ時には、私はこの「あけぼの《オロール》」とは誰のことを指すのか、考えもしなかった。しかしここまで考察してきて、これは姉の裕代のことを想定しているのだと、間違いなく言うことができる。フランス語ではオロールというのはオーブとほぼ同じ意味で、あけぼの、のことである。「葉の上の」で優しい言葉をかけていたあけぼのは、ここでは早く世を去らなければならなかった自分の運命を泣いているのだ。「鬼灯」とは、字義通り冥界の人を照らすために虹が捧げた灯火のことなのだろう（注5）。

冬りんご忘らるる人庭に佇つ
セーターのタートルネックに埋まって忘られし人炭火を熾す
『網目』
『かしすまりあ』

これらの「忘れられた人」とは裕代のことを言

っているに違いない。裕代の夫は、彼女の死後にすぐ再婚してしまったのだそうだ。夫婦のこと、家庭のことにはそれぞれの言い分や事情があるのであって、結果として起こった出来事についてあれこれ意見を述べるのはこの文章の目的ではない。ただ、一見すると繊細で、優しく、軽やかに見える冬野虹の作品の底流には、姉の死に対する強い無念の思いが創作動機としてあったということは指摘しておきたいと思う。

虹が世を去ったのち、長兄は家族に、「あんなに順子をいじめんといたらよかったなあ」とつぶやいたそうだ。兄は（童話の狐のように）大切なものを失ったことによって悲しみを知り、善き人、賢い人になったのだろうか？　そうだとすれば、それは虹にとって望んだとおりの結果だったに違いない。

三、野性の少年

『集成』の冬野虹年譜には、思い立って私は次のような記述を入れておいた。

フランソワ・トリュフォー監督の映画『野性の少年』を観て、「太鼓を叩きながら『アッ、アッ』って声を上げるあの少年は、私なの」と主人公の野生児に強い共感を示した。

『野性の少年』はフランソワ・トリュフォーが監督・主演した一九六九年製作のフランス映画だ。一七九七年に南フランスで野生児が発見されたという実話に基づく作品である。捕獲されたときには十一歳ぐらいだった野生児は、まったく人間社会とは隔絶された環境で育ったので、言語を解さず、動物同然であり、人間らしい思考・感情・習慣を持っていなかった。医師イタール（トリュフォー自身が演じる）は、少年を教育して人間社会で生活できるようにさせようと、毎日くふうをしてことばや文字を教えることを試みる。母音や子音を聞き分けることすらできないので、AとかOとか発音して聞かせたり、真似て発声させたりするところから始める。太鼓を叩かせて音の感覚を持たせるようにしたり、すべての事物には「名前」があることを何とか悟らせようとしたりする。「音声と言語の習得」が大切な意味を持つこの映画に、虹が強く心を動かされていたという事実は、非常に重要なことだと私には思えた。なぜ重要かと言うと、たとえば彼女には次のような作品があるからである。

W・W・WATER夢の鞄のくにゃくにゃに　『網目』

この句には、映画『奇跡の人』(アーサー・ペン監督、一九六二年製作)からの引用が埋めこまれている。映画の主人公は、三重苦を抱えた実在の少女ヘレン・ケラー。彼女は目が見えず、耳が聞こえず、口もきけないため、他人とのコミュニケーションがとれず、ことばを知らず、家族と感情を通わせることもできなかった。ヘレンに何とか人間らしい教育を与えるために、両親が招いたのが家庭教師のアン・サリヴァン先生である。先生は、指文字などによって根気よくことばを教えこもうとするが、ヘレンは理解を示さない。しかし、ある日誰かが汲み上げる井戸水に手を浸したとき、「先生が教えてくれたwaterとはこれのことなんだ!」と電撃的に理解し、「W・W・WATER」と声を出す。「すべての物には名前がある」ということを、瞬時に悟ったのである。

先生と私は、井戸を覆うスイカズラの香りに誘われ、その方向へ小道を歩いて行った。誰かが井戸水を汲んでいた。先生は、私の片手をとり水の噴出口の下に置いた。冷たい水がほとばしり、手に流れ落ちる。その間に、先生は私のもう片方の手に、最初はゆっくりと、それから素早くw-a-t-e-rと綴りを書いた。私はじっと立ちつくし、その指の動きに全神経を傾けていた。すると突然、まるで忘れていたことをぼんやりと思い出したかのような感覚に襲われた——感激に打ち震えながら、頭の中が徐々にはっきりしていく。ことばの神秘の扉が開かれたのである。この時はじめて、w-a-t-e-rが、私の手の上に流れ落ちる、このすてきな冷たいもののことだとわかったのだ。この「生きていることば」のおかげで、私の魂は目覚め、光と希望と喜びを手にし、とうとう牢獄から解放されたのだ!
　井戸を離れた私は、学びたくてたまらなかった。すべてのものには名前があった。そして名前をひとつ知るたびに、新たな考えが浮かんでくる。家へ戻る途中、手で触れたもののすべてが、いのちをもって震えているように思えた。

（ヘレン・ケラー『奇跡の人　ヘレン・ケラー自伝』／小倉慶郎訳）

『野性の少年』と『奇跡の人』という、言語の学習をテーマとした二本の映画にともに冬野虹は心を動かされていたのだ。映画だけではない、童話「葉の上の」では、「エフェメール（露の玉）」をその名とともにはじめて知った兎の喜びを、『伊勢物語』を翻案しつつ描いていたではないか（注1）。
　二〇〇一年九月、虹は、はじめてフランス語で俳句を作ってみたというフランス人の少女ドリアーヌに向けて、次のような感想を書き送った。

散歩する
足は露の中
光るのは私の心
　　　ドリアーヌ

「はじめての大きなおどろき！　びっくりした眼が萌え出てぱっちりと開きます！」（注6）

　ここでも、「はじめての」驚きだ。何かを「はじめて」知り、それをことばにするということへの虹の愛着には、まことにただならぬものがある。なぜ、虹は「ことばをはじめて知る」ということを重視するのだろうか。それは、われわれが日常使うことばが、あまりにも常識や利得に汚されているからだ。昨日と今日、今日と明日を連結するために、われわれは言語で論理をつむぎ、自分と他人を合意させて、財産や地位を築く手立てとしている。われわれが毎日の生活に思い悩まされずに済むとすれば、それは過去の労働が金銭として蓄えられ、蓄えは明日銀行から引き出しうるということが、法律や契約という「ことば」によって保証されているからだ。虹が求めるのは、そういうことばとはまったく対照的なものだ。ヘレン・ケラーが味わったような、はじめて飛び出してくることば、目覚めの喜びをうながすことばなのだ。金勘定や権力の保持のために使われる言語ではなく、夢を知るための想像力、つまり美を理解する力を与えてくれる言語なのだ。

しかし、現実にはわれわれは日々、資産や社会的人間関係を守るために、論理にまみれたことばを用いざるをえない。そうした社会制度や社会的言語への違和感を、虹は以下のように表現している。

人間の言葉わからぬ日のありて秋グミの実は

籠に透きたる

『かしすまりあ』

虹が求めるのは、論理的ではない、夢想的な言語であり、そのあり方をうたったのが、次の詩である。

クローバー

凍死した音節の

召したまふ御衣《おんぞ》

それは

クローバー

かさばった

言葉は

いりませぬ

「かさばった言葉」とは理屈や計算高さでがんじがらめになった社会的言語のこと。虹は、それとは異なる、クローバーのような隙間だらけのことば、意味よりも音節の痕跡だけをとどめているような軽やかな言語を探している。

人間にとって生きていく上では最低限の社会的言語を使うことは避けられない。しかしだからこそ、知恵にまみれてしまったわれわれは、詩を作るとき、いったん論理的な言語を切り捨てて原初のことばに立ち戻ろうとする努力をする必要がある。

る。そのために虹が強調するのは、「忘れる」ということの大切さである。

セルフィーユ、
汝は
熱の漂着物
そして
忘れ物の簡素な葉を
焙じている

「セルフィーユ」より

セルフィーユ（チャーヴィル）の葉の香りがすばらしいのは、葉がまるで「忘れ物」のようにさわやかで、野生のままに置かれたものだからである、と虹は見て取るのである。

それから、
クローバー《うまごやし》腕いっぱいの
球体のこころを渡りたい。
教会の聖者の石の彫刻が
鳩の糞で飾られる
そのときにこそ渡りたい。

よれよれ、ぐちゃぐちゃな声を
侵入禁止区域につなぎとめ
渡し守に
照らされて。
流れる。
そして、
水疱瘡《みずぼうそう》のように忘れる

「渡し守」より

虹は、渡し守の舟に乗って海を渡りたい（実はこれは、無意識の深みに下りていきたいという願望のメタファーのようであるが）、しかしそのことをあとで水疱瘡のように忘れたい、と言う。子どものころ、われわれは麻疹や、おたふく風邪や、水疱瘡にかかって高熱を発する経験をする。熱が下がった朝のさわやかな目覚め、前の晩は熱でぐちゃぐちゃになっていた意識を忘却したことの心地よさを、多くの人が経験したことがあるだろう。そのように忘却して生まれ変わった無垢の心が、虹にとってたいへん重要なのだ。

暗室にさくらの絵葉書を忘れ

『雪予報』

ものごとは、忘れられたときにはじめて新しい価値を持ち始める。さくらの絵葉書は暗室に置かれ、人の視線から遮断されたときに、それ自体の内発的な力を養いだすのである。

冬芝の上のひかりの忘れ物　『網目』

冬芝の上のひかりの忘れ物というのは、具体的な事物を指しているのではないと思う。ただの空虚な、芝の上の空間、しかしその空間を光が忘れていったものであると主観的に把握することで、空虚は空虚以上のもの、新しい生命を作り出す場というように思えてくるのである。

冬ざるる鉢植の菊ちぢれ咲く、あっ忘れもの、思ひだしなさい　『かしすまりあ』

逆説的に聞こえるかもしれないが、忘れるということが大事なのと同じくらい、一度忘れたものを思い出すということも虹にとっては重要なのである。なぜなら、いったん忘れたものを再び発見する時、その事物はわれわれにとって新しい価値を持つようになるからだ。ふだん着用している時計を、いつもは大切に思っていなかったとしても、いったん失くしてから再発見した場合には、それがとてもいとしいものになる、というようなことを多くの人が感じるのではないだろうか。いったん忘れる、失くすことによって、馴れすぎていたものが新鮮な、無垢なものへと再生されるのである。

「はじめて」知るということには、「無垢」の問題が深くかかわる。何も知らない、真っ白な心の状態の中へ、しずくのように落ちてくることば、それを受け止めることが大事なのだ。心は清浄さをたもったまま、生き生きと活動する豊かな力を蓄えなければならない。

無垢のシンボルとして虹によってとくに高い位置を与えられている題材に、「光」と「白」の二つがある。

ひかりの掌ねむれる君を揺りおこす　『網目』

わたくしのスカート嚙んでつよく引く嬉しの犬の尾は光の矢
『かしすまりあ』

朝に夕に窓の日覆《ブラインド》に来るひかりのこどもおどろきやすし

ひかりの掌、光の矢としての犬の尾、ブラインドに差すひかり、これらは汚されていない、幼少期の心の代弁者である。

「白」となると、これは数え上げられないほど登場する。冬野虹の詩歌集は「白」のオンパレードの作品集であると言ってもよいくらいである。

白い島へ白いかやつり草と私
白孔雀あさ目がさめるときの熱
『雪予報』

白梅や図書館に気絶してゐる
白蝶にさらはれてしまふゆふべふかく
『網目』

椿より白く捨て子の置かれあり
雪白のタオルを畳むわたくしをゆゆしき翅が触れてすぎたり
『かしすまりあ』

西方より友きたる日は白妙の卓布の上に杉の箸揃ふ

心音室、
頬白の影たちは
白く重なりあって
時間のすきまへ
雪崩れ落ちようと
しているようだ
「心音室」

白を主題とした作品のごく一部を並べてみた。この中で、「白い島へ白いかやつり草と私」の句について若干の説明を加えておきたい。かやつりぐさは、日本中いたるところに生えている野草で、子供はこの茎を裂いて蚊帳を吊ったような形を作って遊ぶ。虹は私によく、その蚊帳の形を作って見せてくれたし、摘んできたかやつりぐさを瓶に挿しては部屋に飾っていた。近所の空き地にマンションが建ち始めたときには「あそこはかやつりぐさの宝庫だったのに！」と憤慨していたほどである。かやつりぐさは緑色の野草だが、それを「白いかやつり草」と表現したのは、幼少時代からの遊びのパートナーであったこの植物を「無垢」の体現者として描写したいと思ったからであろう。作者は、無垢なるかやつりぐさとともに無垢なる幼年時代（白い島）へと旅立っていこうとするのである。以上のような私の解説は、別に鑑賞の前提とする必要はないが、虹にとっての「白」がどういうものであったかを理解するうえでは多少の参考になるかと思い、記してみた（注7）。

四、精神の空を飛び交う外国語

冬野虹は外国語の学習に熱心であった。二十歳ごろからYMCAに英会話を学びに行っており、また二十六歳からはフランス語の勉強も始めている。実際、英語やフランス語での会話は得意で、外国人とのパーティーではいつも人気者であった。

詩集『頬白の影たち』の中で、二つの重要な詩が「外国語の学習」に関係していることは、注目に値する。「アーモンドの樹」と「ぺろーん」である。外国語は、単なる趣味やコミュニケーションのためのツールではなく、彼女にとっては詩的創造と切っても切り離せないものだったということを示す詩であると言える。ここでは「ぺろーん」のほうを見てみることにしよう。

ぺろーん

ぺろーん　は
ギリシャのことば
運ぶということばのこころ
花は
あんとす
海は
たらっさ
たらっさあんとすぺろーん
と言うと
海の花を運ぶ
となるのかな
ぺろーんは運ぶ
ぺとらーは岩
ぺろーんぺとらー
すこしも重くない岩
あたまの上に

浮島のように
在って
海綿状の
ひかる穴が
たくさんあって
おいん
おいん
羊
羊

「ぺろーん」が運ぶ、「あんとす」が花、「たらっさ」が海の意味だからといって、「たらっさあんとすぺろーん」が「海の花を運ぶ」の意味になるはずがないことぐらいは、ギリシャ語を知らない私にも想像がつく。動詞は活用するはずだし、名詞は所有格や目的格を示すための変化がともなうと思われる。虹も、そんなことは重々承知である。しかしはじめて知った外国語の単語を並べて遊んでみるということが、詩の言語の発明と非常に似通っているということを、直感的に把握し、ここに表現してみせたのではないかと思う。

ヘレン・ケラーは三重苦を乗り越えて言語を学習したが、彼女には非常にすぐれた語学の才があり、ドイツ語、フランス語、ラテン語、ギリシャ語もマスターしていった。外国語を学ぶことの喜びについて、ヘレンは次のように書いている。

外国語の習い始めの時に浮かんでくる、はかなく瞬間的なイメージや情感。私はこれほど美しいものはない、と思っている——気まぐれな空想によって形と色を与えられて、「精神の空」を飛び交う思いは真に美しい。

（ヘレン・ケラー、前掲書）

虹は、学生時代の恩師である詩人の杉山平一氏が、「詩の言葉は間違っていなければならない」と言っていることを気に入って、折に触れてそのことを語っていた。習いたてのカタコトで間違った外国語は、ある場合は文法的に完璧な外国語よりも詩的に美しいのだ。「たらっさあんとすぺろーん」という詩行は、論理を超えて、知ったばかりの単語の響きが伝える無垢で澄んだ印象を直接魂に届けるのである。

「ぺろーん」の詩に戻ろう。虹は、次にギリシャ語の別の単語「ぺとらー」に関心を示す。「ぺろーんは運ぶ／ぺとらーは岩／ぺろーんぺとらー」、ここで、「ぺろーん」と「ぺとらー」が「ぺ」の頭韻によってつながっているということは、よくよく噛みしめて味わわなければいけないところである。論理ではなく、音によって詩は歩いていく。ヘレン・ケラーが言う「外国語の習い始めの時に浮かんでくる、はかなく瞬間的なイメージや情感」と、虹が音韻によって紡ぐイメージとは、何とよく似通っていることだろう。

続いて虹は、「すこしも重くない岩／あたまの上に／浮島のように／在って／海綿状の／ひかる穴が／たくさんあって」というようにテーマを展開していく。これは、ギリシャ特産の軽石のことを言っているらしい。『かしすまりあ』には同じ主題で

夢の中は岩石といふ岩石がふはり傾斜して楽しのかたち

という愉快な短歌がある。虹の友人で詩人のティエリー・カザルスは、この歌からルネ・マグリットの絵画「ピレネーの城」（空中に巨大な岩が浮かんでいる絵）を連想している。ギリシャの軽石は、いつのまにか虹の心の中で空中を浮遊する岩へと変身しているのである。

「あんとす」「ぺろーん」などの単語は現代ギリシャ語ではなく、『新約聖書』の翻訳に使用されたギリシャ語、すなわち紀元後一世紀ごろのギリシャ語である。虹はおそらく、日仏学院の授業でこれらの単語を知ったと思われる。この詩は最後の部分で、さらに大きな飛躍を見せる。「おいん／おいん／羊／羊」。「おいん」とはどういう単語なのだろうか。おそらく、「oῦv」のことではないかと推測される（注8）。英語で言えば「then」や「therefore」に相当し、『新約ギリシャ語辞典』（山本書店）では「そこで」「さて、ところで」などの訳語が当てられている。したがって最後の四行は「さてさて、（次は）羊（の話だが）」といったニュアンスだろうと解釈できる。

冬野虹の自由詩では、最後の部分で突然話題や調子が変わるということがよく行われる。この詩でも「次は羊の話」と話題が急に提示だけされてぷっつり終結を迎える。こうした彼女が好む急変化の構成は、一部の読者をとまどわせるようで、虹の詩は完結性が弱いというように批判的に見られることがある。しかしそうした突然の転調こそが、虹の詩の面白いところなのだ。最後に、ふわっと鳩を手元から飛び立たせるように話題を空中に投げ上げる。そして読者の心は詩行とともに天高くへ舞い上がるのである。

自由詩だけではなく、散文でもそうした試みは行われる。姉の思い出を書いた「桜の木」でも、最後に突然短歌が十首加えられる。これはあっと驚くようなすばらしい効果を上げているのだが、初出時に一部の人から「突然短歌が出てくるところが不自然だと思った」という否定的な感想を受けたのである。詩とか、詩的散文というものも、論文と同じように起承転結がしっかりしていなければならないと信じこんでいる人々には、虹の感覚はまったく理解できないようだ。「桜の木」では過去の思い出をずっと覗きこむような記述が続いたあと、最後の短歌で急に未来への扉がぱあんと開け放たれる。この開放感がすばらしいのだが、それを受け止めるには、詩と論理的散文は目指すところが違うのだということをよく理解しておかなければならない。論理的散文は結論を必要とするが、詩は結論を必要としない。

「ぺろーん」は軽快に外国語の響きを渡っていくことによって「瞬間的なイメージや情感」をまざまざと伝え、最後は気泡がはじけるように空中に砕けていくという、きわめて美しい魔術的なことばの織物なのである。

五、デジタル

『かしすまりあ』所収の

姉と妹わたくしと母四人して五人ばやしの段を飾りぬ

という歌の巧妙さを、私はいつも感嘆とともに味わう。歌の前半、姉・妹・私・母というのは、家族のべったりとしたつながりを思わせる人情的な題材なのだが、それが後半になると「四人して五人ばやしの段を飾りぬ」と、数字のたわむれへと移行していく。具体から抽象へ、主観的な血縁描写から客観的な数量把握へと視点がなめらかにずれていくが、その移行をリズミカルに後押ししているのは、四から五へという数字の数え上げなのだ。

これと似通った表現を、俳句でも試みている。

三人は二階からくる実朝忌　『網目』

この場合は三から二へとカウントダウンしていくのだが、数字が減ることによってこの三人が階段を「下りてきている」場面であることが実感されるのである（二階から三階に上っているわけではない）。そして「実朝忌」、源実朝は伝承では鎌倉の鶴岡八幡宮の「石段を下りてきたところ」を甥の公暁に襲撃されて死んだとされる。下五の季語によって上五中七の動作をもう一度繰り返してみせることで、「下りてくる」動作のダブルイメージを巧妙に作り出しているのだ（注9）。

この二句をはじめ、虹の詩歌にはこれでもかというほど数字は頻出する。試みに、「一」から「十二」までを詠みこんだ作品をそれぞれ紹介することにしよう。

背泳《はいえい》の一着タイム螢の葉　『網目』
われらの膝みなやはらかき角度持ち箒を使ふ一日《ひとひ》来るべし　『かしすまりあ』
黄色い注射二本ワシントン生まる　『雪予報』
羊飼の時を二時間すぎて　「浮島」より
雪吊や三連音符山の晴　『雪予報』
走りゆく子犬の意志のやうな風ランニングシャツを三回揺らす　『かしすまりあ』
やせた鳥と四月の海に墜ちにけり　『雪予報』
名を覚えたのし迷路のうずまきの四円切手のオキナエビス貝　『かしすまりあ』
和毛密五個の燕の子の頭　『雪予報』
五月の匂いの影になりました　「額の熱」より
六月のゼリーにかみなりさま坐る　『網目』

タルタル人は濃き眉をくもらせてけり六面体の踊りおどるから　『かしすまりあ』
息あをく刺繍の鳥の七日かな　『網目』
どこに居る？　発音されぬ青い色八月十日の美術館内　『かしすまりあ』
重陽《ここぬか》のひかりの端にたたずめば遺跡の中へ黒髪流る　『かしすまりあ』
十日菊かるくかんむり鶴を押す　『網目』
慈悲心鳥十一十一《じゅういちじゅういち》ポテトかな　『網目』
十二人こはかつたのとコーラ飲む　『雪予報』

ここに紹介したのは実作例のごく一部にすぎない。作品集のページをめくると見開きのどこかに数字が潜んでいるのではないかと錯覚されるほど、数詞は満ち満ちている。あたかも、「世界は数字でできている」とでも言うかのように（注10）。

これだけ数字を見続けると、ナンバーは何かを象徴しているのではないかというような想像をしたくなってくる。たとえば

十二人こはかつたのとコーラ飲む

の句、十二という数字ゆえに、キリストの十二弟子を指しているのではないかというような推測をしたくなる。ところが、虹の作品からはそうした寓意の跡はまったく感じられないのだ。というか、「十二人」によってちらっと十二弟子を連想させた上で、「コーラ」などというまったく由緒も有難味もない飲み物を持ってくることで、連想を打ち消して宗教味を感じさせないようにしてしまう。見せ消《けち》とでも言うか、わざと宗教味を見せてあとでそれを消すことで、数字の無意味さがきわだつのだ。

慈悲心鳥十一十一《じゅういちじゅういち》ポテトかな

数字を扱った作品の中でも、格別に奇抜なものとして私はこの句を好む。慈悲心鳥はカッコウ科の鳥で、鳴き声が「ジュウイチ、ジュウイチ」と聞こえるので、「十一」とも呼ばれる。「慈悲心鳥」という鳥名は、いかにも仏教的で抹香臭がただようのだが、それに「ポテト」などというまっ

たく飛躍したモダンな材料が組み合わされることで、痛烈なユーモアが発生する。ここで「十一」は、数字という抽象的な次元に読者の意識を誘導する役割を果たしている。それによって実際の鳥の生態や宗教性を切り落として、ポテトの喜劇へと句を着地させるのだ。

数字を使った虹作品に共通して言えることは、「数字を使うことで風景を抽象化する」「べったりした現実感や情緒、あるいはことばが纏う意味を、数字を使うことで消し去っている」ということではないかと思う。数字は、寓意や象徴への入り口ではなく、「無意味」の世界、数の美しさだけで成立する世界への招待状なのだ。

こういう虹の感覚を、私は「デジタルだな」と思う。情緒や理屈をアナログ的にべたべたと繰りひろげるのではなく、四から五へ、三から二へと、ポンポン連想が飛躍する。こうした発想のジャンプは、数字を扱ったもの以外の作品にも見ることができる。

消毒後ほととぎす鳴くくるほしく　『網目』

ずっと以前、虹と私が永田耕衣氏をその自宅に訪問した際、耕衣翁はこの句をたいそう褒めてくださった。「消毒後」などという語をよくぞ用いた、こういう語を使うと良い句ができる、と。「消毒後」と「ほととぎす」の間には、大きな飛躍がある。その連想のスケール感がすばらしい句である。ティエリー・カザルスは、虹俳句の中でもこの句をとりわけ賛美するとしているが、私もこの句を虹の最高の作品のひとつと言ってもよいと思う。連想の非連続な飛躍のしかたが、デジタルとでも言うよりほかはないユニークな跳びかたなのだ。かけはなれた二つの題材を組み合わせ、それを詩として成立させるのはたいへん難しいことだというのは、実際創作にたずさわっている人にならわかってもらえるだろう。組み合わせには、無作為のようでいてうっすらとしたバランスも必要だからだ。掲句で言えば「消毒」という語のインパクトの強さが、「くるほしく」という感情の激しさと釣り合っているので、飛躍が成立するのである。

デジタル的な発想は、虹の自由詩にも短歌にも見ることができるけれども、飛躍感がとりわけ強烈に突出するのは、やはり俳句である。俳句というのは、短いがゆえに意味や説明を省略できる余地が大きく、イメージを飛躍させるのに適している。

梧桐の種とぶ空は仏壇を抱へ　『網目』

これはいちだんと奇想天外な一句である。アオギリの種は大きな翼を持ち、風で遠くに運ばれていく。その種が移動する空が、仏壇を抱えているというのだ。種とぶ空を擬人化するという発想を仮にしたとして（それ自体奇抜なアイディアだが）、「梧桐の種とぶ空は××を抱へ」という形を得たとしよう。しかし「××」のところに「仏壇」を入れようと、誰が思いつくだろう。空が、仏壇をいっしょうけんめい運ぶ仏壇屋のお兄さんになったかのようで、風景が愉快なユーモアに包まれてくる。

デジタル的に飛躍した発想を追求する虹の姿勢は徹底していて、その実現のためには、俳句のセオリーを打ち破ることを辞さない。

夢のまた夢青みどろ大拍手　『雪予報』

「夢のまた夢」「青みどろ」「大拍手」というように、三つの題材を切れ切れに並べる方法は、「三段切れ」と言って俳句ではタブーとされている手法である。通常は三段切れの句は印象が断片的になってしまって、焦点の合った像を結びにくいからである。ところがこの句では、三つの材料を並べることで、夢の国へ旅立ち、青みどろのように混濁した意識へと沈んでゆき、そこでわっと大拍手が沸きあがるというように、無意識の領域――そこでは理知は眠っているから精神は論理の形をとらず、断片的なイメージのみ出没する――への旅の軌跡があざやかに表現されているのである。タブーを逆手に取った句である。

白梅や図書館に気絶してゐる　『網目』

五・八・四の破調の句である。通常、上五を「や」で切った場合にはその切れの響きを生かすために、破調は望ましくない、定型できちんと表現しなければいけないとするのが俳句の定石である。ところがそのセオリーを無視した、破天荒な五・八・四なのである。図書館で人が気絶するということはそれ自体突拍子もないことなのだが、さらに「白梅」と配合されるとはなんとも不思議でユーモラスである。梅見を楽しむという季語の本意をひっくり返して失神のドラマを演出する、思い切った着眼だ。その無理を通すために、セオリーを破っていびつな感じを出し、「普通の情景ではない」ことを強調しているのである。

六、コメディアン

生前の冬野虹をそれほどよく知っていなかった人の中には、「虹さんは繊細で、やさしい方で」というようにおっしゃる向きがある。それはむろん間違いではないが、反面でまた彼女には、なかなかお道化者の顔があった。

骨細き春傘の我コメディアン　『網目』

人をびっくりさせたり喜ばせたりするのが大好きで、そういう特性を示すエピソードには事欠かない。たとえば、彼女はときどき、サラリーマンの私のためにお弁当を作ってくれることがあったが、ある時弁当箱を開けたら、ごはんの上に梅干の代わりにすみれの花が一茎載っていて、ほんとうに驚いて「わっ」と声を上げたものだ。

コメディアンとしての性格は生来のものであったようで、女学生時代には先生にあだ名をつけるのが得意だったらしい。そうした性格の基盤には、関西人特有の気風、つまり権威を嫌い自由を愛する風土、形式よりも実質を大事にする気質があったことは間違いない（虹は現在の大阪府堺市出身）。

それに加えて短大時代に彼女が受けた教育のことにも触れておきたい。彼女が通っていた帝塚山学院には、詩人の小野十三郎、杉山平一、作家の長沖一《まこと》などの優秀な先生方が在籍していた。穴川家の三姉妹はいずれも同学院に通ったので、先生方からもとくに親近感を持たれていた。

このうち、長沖一氏は戦前は左翼運動に加わる一方、吉本興業に勤め文芸部で台本を書いていたというユニークな経歴を持つ、喜劇作家であった。戦後は花菱アチャコと浪花千栄子によるラジオ番組『アチャコ青春手帖』の台本を執筆し、これが大ヒットしたという。

鶉うずら鶉のたまごアチャコ来る　『網目』

そういうキャリアの先生であるから、人柄も授業も面白いものであったに違いなく、虹からも和美さんからも「長沖先生」の名前はよく聞いた。井原西鶴の研究家でもあった長沖氏からの感化は、虹の資質が花開く上で大いにプラスに働いたことだろう。

トニー谷の鳴らすそろばん珠の音流れをゆかず壁に当たるかな　『かしすまりあ』
春の岸ほなさいならと手をふれば星がでているおもちゃのマーチ

虹は喜劇というものの重要性をよく知る人であった。彼女の場合、俳句でも、詩でも、短歌でも、悲痛に泣き叫ぶような表現はほとんど見ることができない。どんな場面を描くときでも、その傍らには微笑や夢想が連れ添っていた。その例として、彼女が三か月にわたって入院したことをテーマとした、次の詩を挙げることにしよう。

A棟617号室

覚束ない柳の影を辿って
来ました
そこは
深い鐘の音《ね》の沈む
心電図の波うつ
緑の線のふるへる
館でした
しづもる夜
春の湖《うみ》に網を展げるやうに

私の心臓は
眠りつつ目覚めています

この詩について、ティエリー・カザルスは「虹はあらゆる状況、もっともつらい苦痛に満ちた状況をすら、美しく輝かせ、そこに斬新な照明、誰にも真似ができない光を与える、よろこびにあふれた視線をつねに大事にしていた」「これらの詩行には病的なところはまったくなく、反対に、おぼろげな浮遊、霧にけむる静謐、深い傾聴の感覚がある。まるで病院の現実は大きな夢の気泡に包まれてしまったかのようだ」（「ぶらんこの上の虹」――「むしめがね」第19号所収）と評している。実際の入院が、集中治療室に一時収容されるという、彼女にとってきびしいものであったと私は知っているだけに、そのような悲劇性を感じさせないこの詩には驚かされ、ティエリーに深く同意するのである。この詩からは、病院の日常というよりも、オードリー・ヘップバーン主演の映画『緑の館』における森林の風景を連想してしまったりもする。

困難な現実を夢の風景に変えてしまうこの詩において、表題に含まれる「６１７」という数字がよく効いていることにも着目したい。彼女のベッドがあった部屋番号そのままなのであるけれども、情緒的なものを含まない数字は「場面を抽象化し、現実感を消し去る」ことに大いに寄与しているのである。

七、音韻は回転する

句集『雪予報』を開いて、まず目を引くのは、集の冒頭四句がいずれも頭韻を活用したものであるということである。

鏡の上のやさしくて春の出棺
まよひこみ海綿売の声まつしろ
沢山の百合ゆるされて戸を放ち
灰かぶり姫のゆふやけかもしれぬ百合
（傍点のうち、●は同音による押韻、○は母音のみの押韻。以下同じ）

この頭韻四連発はかなり強烈である。俳句を始めてまだ一〜二年のうちの作品であるから、彼女は文芸表現に手を染めたその最初期から、韻についての意識を持っていたことがわかる。

　これらの句のうち、私は「沢山の百合」の作にとりわけ心ひかれる。「ゆり・ゆるされて」と繰り返し発音すると、「ゆ」とRの音が美しく玉を転がすように響いている。ラップをとかれて室内に挿された百合が解放されて香りを放ち、その匂いは家の外まで拡がっていくという様子が、音韻の助けを借りながら官能的なまでにいきいきと伝わってくる。

　これら四句に限らず、冬野虹の作品では音韻が大活躍を見せるのであるが、ただしこれはおもに俳句の場合だ。短歌や自由詩の場合にも用いられるが、必ずしも作品の主役ではないように見える。この章では、主として俳句の押韻の問題を扱うことにする（注11）。

　冬野虹と並んで頭韻をさかんに用いた現代の俳人に田中裕明がいる。彼が最後の句集『夜の客人』でどのように音韻を駆使するようになっていったかについては、私は何度か指摘をしてきた（注12）。

　裕明の作例を並べてみよう。

マクベスの魔女は三人龍の玉　　田中裕明
日当れば巌のごとき霜の宿
天上の人を語らん昼の露
爽やかに俳句の神に愛されて
浮寝鳥会社の車かへしけり
みづうみのみなとのなつのみじかけれ
寒林の真中ふたたび歩きだす
白魚のいづくともなく苦かりき
草かげろふ口髭たかきデスマスク

　これに冬野虹の作例を比較してみる。

春の火事波はましろに晴れてゐる　『雪予報』
青々と悴んでこそ神の旅
花ふぶきわらつてわらつて空《から》の席
芙蓉夫人ふつふつほつと笑ふ空
鹿の影濃きこの国をつゆしらず
明石鯛じやあまた露のあとさきへ

かぐや姫蠅の翅音の傍に
乙女子等おやおや螢めきにけり　『網目』

聖一遍《ひじりいっぺん》ひんやりとした雨に
勾玉のまがりの夏の夢に来よ
肌寒の山の白さよ蜆蝶
十日菊かるくかんむり鶴を押す
まひまひや室内に陽が死んでゐる
だから矢を放った神へ菊枕

裕明と虹には、共通する要素もあるが、一見してわかる大きな違いがある。裕明の場合は、韻を踏むのが多くの場合は「上五・中七・下五」それぞれの最初の音である。いわゆる、句頭韻である。ところが、虹の場合にはもっと短いサイクルで、しかも一句で何度も重ねて押韻するケースが多いのだ。

こうした違いがもたらす結果として、田中裕明の俳句は静観的な印象を与えるのに対し、冬野虹の俳句は動的な活発さを帯びてくるということが言える。裕明の場合、句頭という要所に韻を配置することで、韻のサイクルをゆっくり回し、韻の響きを限なく句に浸みこませてゆく。虹の場合は、韻のサイクルをもっと速く回し、句に勢いをつけることを目指している。「百合ゆるされて」「芙蓉夫人ふつふつほつ」「おやおや螢」「聖一遍ひんやりと」「かるくかんむり鶴」といった表現はとても語呂がよくて、一度聞いたら忘れられない効果を出している。心がはずむような、前へ向かって転がるようなリズミカルな韻なのだ（注13）。

前へ向かって転がる、と今書いたが、虹の作品にはいろいろな場面で、「回転運動」や「螺旋運動」が登場する。回転するものの中でも、「ぶらんこ」「なわとび」「ゆりかご」「回転式水撒き機」などは、虹の世界の核心にかかわる非常に重要な題材である。

さくら餅羅紗のぶらんこ揺れはじめ　『雪予報』
荒海やなわとびの中がらんどう
陽のゆりかごかやつり草をひきよせる　『網目』
輪になって踊らう白い影とホックニーの絵の
芝生水撒き機　『かしすまりあ』

そもそも、回転運動以前に、球や円自体が虹の愛するかたちなのだ。具体的にはそれらは、卵、果実、アーモンド、繭、眼球、ボール、円窓など、いろいろな事物に変身して、作品集のあちらこちらに出没してくる。

球形を好むわたしの宿題は草の寝息を描ききること　『かしすまりあ』
秋繭のくぼみのごとくうしなへり　『雪予報』
時津風部屋に昆布茶とアーモンド　『網目』
燃えおちる燐寸やさしき眼球となり
露の耳そいいそいいと空に張り飛行士の部屋
たまごのかたち　『かしすまりあ』

円窓は夢みながら
破傷風にかかっていた　「離宮」より

球体は、好みの題材としてよく使われるというだけではなく、そこにはある特徴が見られる。例として詩「くもりひろがった」の冒頭部を見てみることにしよう。

エクレアとシュークリームが
ならんでいる

硝子に囲まれる新生児

新生児たちは
海についての註釈として
柚子の皮から
とびだした
香りの玉

洋菓子店のガラスケースに並ぶエクレアとシュークリームを、新生児室のガラス越しの赤ん坊（タオルにくるまれた）になぞらえている。注目されるのは、お菓子＝新生児が「とびだした玉」であると考えられている点である。虹の作品では、このように球体はしばしば「とびだし」たり、「脱走」したり、「逸脱」したり、「解き放たれ」たりするのである。虹の球体たちは、決められた箱におとなしく納まってはいない。隙があれば、転がって跳ね飛んでやろうといつも身構えている。

庭園の小径の
両側から
アーモンドの実は
閑《しず》かに
洪水後の図形を脱走しました

「アーモンドの樹」より

聖書によれば、ノアの大洪水以後、世界は神の秩序のもとに再構築されたことになっている。ところが丸いアーモンドの実だけは、その構図から脱走してしまうというのだ。

コンパスの線から手毬こぼれけり　『雪予報』

この句を読むと、虹がいたずらっぽくクスクス笑っている声が聞こえるような気がする。コンパスが描く真正で謹厳な図形を脱出して、虹の手毬は自分のいのちを自由に弾ませていくのだ。「こぼれけり」などと、ひとりでにこぼれたような表現をとっているけれども、実はこの手毬はみずから意図的にルートを変更したに違いない。

きんいろの紡錘《つむ》のかたちのくだものに夏のゆふべは連れ去られけり　『かしすまりあ』

きんいろの紡錘のかたちのくだもの、つまりレモンは、この場から脱出していく。単に去るだけではなくて、ついでに「夏のゆふべ」を連れ去ってしまうのである。普通の人だったら、夏の夕べに誰かがレモンを連れ去った、と発想しそうなところであるが、虹は逆にレモンのほうに主体を置く。日が暮れて暗くなっていくのはレモンの脱走のせいなのだと見なすのである。

球体が生き生きと脱走するのと同じように、虹にとって「円運動」も逸脱や解放に強く結びついていると考えられる。次の詩は、この点をよく示唆していると思われるので、全部を引用することにしよう。

ゆりかご　manne d'enfant

エリコサン、アキラサン、
ようこそ四月の庭に。
鳩も猫も砂の上に
影を置いてゆきました
トマレ！　ウゴケ！　を
陽の丘の上から
水草の川の中まで
つづけたのでしたね
桜の花は匂っていて
薔薇組のアキラと
アンネン・ポルカを
上手に踊っていました。
蜂蜜色のひかりの、森の
ゆりかごにのって
空に近づきましょう
神さまに気づかれぬよう
台所の霜降肉を
皿の上にうねらせたら
手が平目のように泳ぐ
アキラクンの満足のおどりを
明日の朝の籠に盛りましょう
明《アキラ》は
バターを立方体にしてから
パンに塗るのが好きなの
ゆりかごの波を抜けて
ぶらんこの空の端を知ってゆくの
チューリップの花の上の
揺れる空を

祝・薔薇組　ハネダアキラ

若い友人のハネダエリコさんと息子の明くんのために、幼稚園入園を祝って作られた贈答詩である。この詩には、「ゆりかご」と「ぶらんこ」による二つの円運動が描かれている。明くんはついこの間までは、ゆりかごで揺られて日を過ごしていたのだが、今はひとりでぶらんこを漕いでいる。ゆりかごで揺すられていたのは、「空に近づ」くためだったという。今、ぶらんこを漕ぐのは、「空の端を知」るためだ。つまり、ゆりかごもぶらんこも、その使用目的は空と触れることにあったのだ。あたかも、謹厳な神様の手を逃れるようにして。

この詩はただちに、虹のエッセイ「桜の木」を想起させる。実家の庭の桜の下で漕いだぶらんこの思い出を語った次のくだりである。

桜の木の下にはぶらんこがあって、花のころにはぶらんこを力いっぱい漕いで、長く伸びた桜の花の枝に届くまで、スカートをふくらませて高く高く脚を空に向けた。その時の春の空の色が、私の体にやわらかく迫ってきては遠のいてゆくかんじが、今でもありありとなつかしく、私の波になっている。

「春の空の色が、私の体にやわらかく迫ってきては遠のいてゆく」と、虹は空と一体化して遊ぶ自分のリズムを語っている。この波こそが、冬野虹の創作を根底のところで支えているリズムなのだ。ぶらんこの円運動は、虹をこの世のしがらみから解放してのびやかな世界へ溶けこませていく。明くんはまだ小さいので、空の「端」しか知らないけれども、やがては虹のようにぶらんこをもっと強く漕いで、大空へと飛びこんでいくことになるだろう。

このように見ていくと、虹にとって短い間隔で打つ頭韻は、円運動とまったく同種のものであるとわかってくるだろう。

花ふぶきわらつてわらつて空《から》の席　『雪予報』
芙蓉夫人ふつふつほつと笑ふ空

前句、花吹雪の中で笑っていた人は花びらと一体化して、やがてどこかへ立ち去ってしまう。後句、ふっふっほっと笑っていた芙蓉夫人は、その笑いとともに空へ旅立っていく。どちらも、ただひたすらに軽やかである。逸脱することによって自由を得るという虹のテーマが、音韻の回転運動に促されることによって空気のように淡く実現しているではないか。

まひまひや室内に陽が死んでゐる　『網目』

「死んでゐる」とは穏やかならぬ表現である。しかし、この句ではI母音の頭韻が四回繰り返されるために、前進する回転運動が生まれ、妙に勢いの良い死になっている。室内に死んでいる陽のかたわらに「まひまひ」（ここではカタツムリの意味だととっておく）の螺旋形が置かれている事実を、見逃すことはできない。螺旋は虹にとっては円運動と同じ意味を持つもので（『雪予報』所収の「ポーの町までマフラーをぐるぐるまき」や『網目』所収の「慈姑むく螺旋の皮やヴァイオリン」など）、やはり解放的な、のびのびとした活力を与えるかたちなのだ。だから、太陽は室内にやって来てただ死んでしまっているのではない、まいまいに生命を与えられて、きっと蘇るに違いないのである。死ですらも、それは単なるお別れではない、次なる生命が生まれるための休息なのだということを虹は言いたかったのではないかと、そんなことを想像してみるのである（注14）。

八、クロスモーダルは創作の沃野

われわれは何かに気を引かれたときには、まず視線をそちらに向けて注視しようとする。「おや雨だ」と言われれば窓の外に目を向けるし、カッコ良さそうな異性が通ればそちらをチラリと見ずにはいられないし、食器洗いをしているときにはじっと器を見つめて汚れが残っていないかどうか確かめる。視覚から得られる情報量は多いので、まず目で見て事実を確認しようとするのが、近代人の習性になっている。その他の感覚——聴覚、嗅覚、味覚、触覚、内臓感覚など——も認識に貢献していることは言うまでもない。しかし、視覚が収集する情報の量と種類は非常に多いので、ついわれわれは視覚で作られた世界像を優先してしまう。

ヘレン・ケラーは目も見えず、耳も聞こえなかった人であるが、彼女の文章を読んでいると、とてもそのような障害のある人が書いたとは思えないほど、風景を生き生きと描写している。山も、海も、町も、鉄道も、彼女の筆にかかると目の前にあるように語られるのである。そのあたりの事情を、ヘレンは次のように語っている。

外界の情報は、目と耳だけで入手すると思い込んでいる人たちがいる。そういった人たちは、私が歩くだけで、都会の通りといなか道の違いを区別できることに驚く。違いは、もちろん舗装の有無だけではない。彼らは、私のからだ全体が周りの状況を知覚していることを忘れているようだ。都会の騒音は、私の顔の神経を打ちのめす。目に見えない群集の靴の音が絶えず感じられる。そして、不協和音のような喧騒が私の心をいらだたせる。(略) 目が見える人は、次々と変わりゆく通りの光景に注意をそらされるから、この騒がしさに耐えられるのだろう。

(ヘレン・ケラー、前掲書)

人間の感覚は、それぞれが独立してはたらくのではなく、相互に関係しあいながら情報を集めているのだ。「あの人は感覚が鋭い」などと言うときは、単に視力がいいとか、嗅覚が発達しているということだけを意味するのではなく、いろいろな感覚が豊かに結びつきながら現実を受け止め、それを多様に表現できるということを指しているのではないだろうか。視覚に頼りすぎると、人はこのことを忘れがちになる。

冬野虹の作品には、視覚描写だけではなく、響き、匂い、手ざわりなどを扱った句がとても多いということは、何人もの人が指摘するところである。それだけではなく、特筆すべきは、彼女の詩歌作品では視覚的表現によって嗅覚を描写するとか、聴覚的表現によって視覚を表すというように、複数の感覚がクロスして活用されるところにある。これは非常にユニークな、虹ならではの手法だと言える。

柊の花にしらしら声の皺　『網目』

茶摘み歌は
洗面器の水を
発った

め組の衆の前を通り
つつじ色に染まって
火を消した

「歌」より

前の俳句では、「声」という聴覚対象が「しらしらとした皺」という視覚表現に転じて描かれている（「シ」の頭韻を踏んでいるところは、そうした飛躍表現を無理せず読者に伝える連結器としてよく効いていると言えるだろう）。後の詩では、「茶摘み歌」という聴覚的題材が「つつじ色に染まって」とやはり視覚で語られていく。

乳母車の車輪を秋の陽はこぼれ歩道の上に唄を移しぬ

『かしすまりあ』

こちらは逆に、乳母車の車輪を逸脱した太陽という視覚対象のモノが、「歩道の上の唄」という聴覚表現に転じていく。ひとつの事物を感覚をまたいで表現することによって、対象を「没入的」に捉えて、「全感覚を開放して」表現しているという感じを強く与える。この太陽は、何と楽しげに乳母車と遊びに来て、そこから歩道へと生き生きと弾んでいることだろう。これはもはや、理性による論述ではなく、全身を駆使したことばのダンスなのだ。虹が姉から受け継いだモダン・ダンスの感覚が、実にのびのびとここでは舞っているではないか。

空海の筆跡のごと汗ばみぬ

『網目』

「空海の筆跡」と言っているのは、空海の飛白体と呼ばれる、刷毛で描いたような字、または「益田池碑銘」に見られる雑体とも呼ばれる象形文字のような字体を指す。体からジワーと汗が染み出す肉体感覚を、空海の飛び散る書体という視覚表現に転じて語っている。まことに、真夏の暑い時期に、身体からジワジワと汗が滲み出して胸を垂れていくあの感じを伝えるのに、「空海の筆跡のごと」という比喩ほど適切なものがほかにあるだろうか。肉体的であると同時に、ユーモアも感じられる表現である。

このように複数の感覚にまたがって何かを表現する方法を、私は「クロスモーダル」と呼んでいる。「クロス」はまたがる、「モーダル」は感覚の、という意味だ（注15）。

クロスモーダル表現を得意とした詩人というと、何と言ってもまず松尾芭蕉を挙げなければなるまい。

海くれて鴨のこゑほのかに白し　　芭蕉

鴨の声という聴覚対象を、白し、と視覚で表現している。この句、もし聴覚のみで表現しようと「ほのかに聞こゆ」などとやっていたら、単なる事実の報告で終わってしまうところだ。「白し」と色彩に転じたからこそ、海のひろがりとか、日暮れ前のかすかな光とか、情景の静けさとか、淋しい作者の心情とか、さまざまなニュアンスがいっぺんに喚起されるのである。全身的である。掲句はクロスモーダル俳句の代表例としてもよいかと思う。

冬野虹は、芭蕉と同じ把握のしかたを次のように展開している。

まよひこみ海綿売の声まつしろ　　『雪予報』
話す声やがてみどりに夕涼み　　『網目』

鴨の声ではなく人間の声であるが、前句では海綿売の声が白い、と言う。虹は現代の人であるため、表現はより抽象的になっている。この海綿売は、実際には○×卸商店街の誰々さんという商人なのかもしれないけれども、「まよひこみ」「声まつしろ」と言われると、まるで絵本の中の一節のように、異次元迷路に嵌りこんだおじさんの姿のようなものが浮かんでくる。「まつしろ」が、視覚風景と聴覚音声にまたがって、両方を白く消してしまうからだ。

後句は「声がみどり」だと言うのだが、この声は、まるで上等な緑茶のようにしみじみとしたよい声なのではないかという感じがする。同時に、夏の木々の緑のふかさ、夕方になっていっそう濃くなっていく緑の厚さも感じさせる。芭蕉と同様、虹は人間の声と庭の日暮れを結びつけ、視覚と聴覚を同時に喚起してみせるのである。

冬野虹の

伊勢に来ると人の匂ひは細くなりかすれかかって須恵器の鏄《ひび》に　『かしすまりあ』

という歌は、今度は嗅覚を視覚的に把握した作品だ。人の匂いを作者は追っていくが、それはいつのまにか視覚に転じて、「須恵器の鏄《ひび》に」画像として浸透していく。この歌を読めば、誰もが知っているあの俳句が、すぐに思い出されないだろうか。

閑《しづか》さや岩にしみ入《いる》蟬の声　芭蕉

この句の場合は、聴覚から視覚への移行だ。蟬の声という聴覚は岩という視覚へと浸透していくのである。

芭蕉と虹のクロスモーダル作品を、いくつか事例として挙げておくことにしよう。

〈聴覚を視覚的に表現〉

郭公《ほととぎす》声横たふや水の上　芭蕉

ラヂオ音大・小ぴちぴち雪にとまる　『雪予報』

〈嗅覚を視覚的に表現〉

鐘消て花の香《きえ》は撞夕《つくゆふべ》哉　芭蕉

其《その》にほひ桃より白し水仙花

草の香のひつぱりあつて初鼓　『雪予報』

〈触覚（冷熱感・風圧・呼吸感覚）を視覚的に表現〉

涼しさや海にいれたる最上川　芭蕉

石山のいしより白し秋のかぜ

息あをく刺繡の鳥の七日かな　『網目』

寒泳の息むらさきについてゆく

〈触覚（風圧）を嗅覚的に表現〉

凩に匂ひやつけし帰花　芭蕉

〈視覚を聴覚的に表現〉

どこに居る？　発音されぬ青い色八月十日の美術館内　『かしすまりあ』

今回この原稿を書くためにいろいろ調べていて、冬野虹に松尾芭蕉と似たところがあることに気づいたのは、まったく意外であった。数のカウント、頭韻の多用（注16）、クロスモーダル、これらは両者に共通する特徴である。ただし芭蕉に色濃い無常観は、虹とは縁遠いものであったけれども。

虹は生前に、其角や蕪村の俳諧には関心を持っていたけれども、芭蕉に深い興味を持っていただろうか？　そのような気配はない。だから文学的に芭蕉から学習したというよりも、二人にはもともと体質の近さがあったと考えるほうが、腑に落ちるように思う（注17）。

＊

芭蕉から虹の間に、クロスモーダル的な詩歌を多数遺した詩歌人は他に居たであろうか？　居なかったはずはないと思うが、私にはすぐに浮かぶ名前がない。おいおい、そうした研究もしてみたい。

ただ、俳句に関して言えば、近代以降クロスモーダル表現は育ちにくい環境になってしまったと言いうる。正岡子規や高濱虚子が、「写生」「客観写生」を唱導したため、人間の感覚の中でも次第に視覚が優位に立ってしまい、その他の感覚は脇役に移動していったからである。聴覚による写生とか、嗅覚による写生なども不可能ではないが、写生写生と唱え続ければ、言っているほうも聞いているほうも視覚に気をとられるのは当然であり、ましてやクロスモーダル的な発想など思いもよらなくなってくる。

ところがこの十年ほどの間に、俳句界には興味深い現象が起こってきた。最近登場してきた四十代中堅クラスの俳人たちのうちの何人かが、クロスモーダル技法を活用した作品を発表し始めたのである。

かなかなといふ菱形の連なれり　　鴇田智哉
こほろぎの声と写真にをさまりぬ

「かなかな」というのは、虫の鳴き声を言っているのだろう（「蜩といふ」と言えば視覚的な感じになるが）。たくさんのカナカナ、カナカナという声を、「菱形」と視覚的に描写している。これは典型的なクロスモーダル俳句である。後句も、蟋蟀の声が写真に写るという、聴覚から視覚へのクロスモーダル表現である。

内界ニ洋館浮イテ眠ラレズ　　　　関悦史
蛋白石《オパール》の中なる水もぬるむなり

前句は不眠症を描いた作品だが、「眠れない」という体内感覚を、内界に洋館が浮くという視覚表現で表しているのである。後句は、実際にはオパールの中に閉じこめられた水を目で見ているだけで、その温度に直接触れることはないが、その水も温んで感じられると、視覚から冷熱感へと転じて表現するのである。

敷石をしろがねとしぬ落葉掻　　　　斉木直哉

敷石を熊手で掻くと、ギギギと音がする。その音から、銀がほとばしるようなイメージを想起した。音を「しろがね」と視覚的に表現するのだ。聴覚を視覚で描いた、クロスモーダル作品である。

高濱虚子がレールを引いた、視覚中心の、整理が行き届いた俳句の路線は、もはやそれだけでは一定の行き詰まりに達しているように思われる。今日求められているのは、もっと全身的な、全感覚を駆使した俳句なのだ。クロスモーダルは、既存の俳句の殻を、いや、あらゆるジャンルの詩歌の殻を打ち破るための大きな手がかりになりうる手法であるが、まだまだ手がついていない領域、これからの詩歌表現の可能性を大いに感じさせる沃野である。この沃野に進もうとする人にとっては、冬野虹の作品はたいへん有効な手引きとなることであろう。

注1　露を見て「あれは何?」と尋ねるエピソードは、伊勢物語第六段からの引用である。若い娘が男に連れられて家を逃げ出すが、女は外の世界を知らずに育ったので、草に置いた露の玉を見てもそれが何かわからず、「あれは何?」と質問する。

むかし、男ありけり。女のえ得まじかりけるを、年を経てよばひわたりけるを、からうじて盗みいでて、いと暗きに来けり。芥河といふ河を率ていきければ、草の上に置きたりける露を、「かれは何ぞ」となむ男に問ひける。ゆく先おほく、夜もふけにければ、鬼ある所ともしらで、神さへいといみじう鳴り、雨もいたう降りければ、あばらなる倉に、女をば奥におし入れて、男、弓、胡籙《やなぐひ》を負ひて戸口にをり、はや夜も明けなむと思ひつつゐたりけるに、鬼はや一口に食ひてけり。「あなや」といひけれど、神鳴るさわぎに、え聞かざりけり。やうやう夜も明けゆくに、見れば率て来し女もなし。足ずりをして泣けどもかひなし。

白玉か何ぞと人の問ひし時つゆとこたへて消えなましものを

同じエピソードを用いた虹作品には短歌

あれはなに?　露とこたへてこめかみに海のにほひを薫きしめる人よ　『かしすまりあ』

や歌詞「露と答へて」(ともに『集成』第三巻所収)がある。

注2　和美氏は俳人ではなく、文学的創作について経験があるという方でもない。しかしそういう専門知識がなくとも、姉妹だと句の意味がパッとわかってしまうことがあるようだ。俳句は書かれたテキストだけから出発して解釈すべきであり、その背後にある人生や逸話を前提にしてはならないというのは大原則である。しかし現実に作者と読者が同じ経験を共有しているかどうかによって俳句の理解度が大きく違ってしまうのはままあることであって、作者の創作を理解するための入り口としてそうした証言を補助的に参照することは許されるだろう。

注3　『雪予報』はおおよそ制作順に作品が並んでいるが、句集の冒頭部だけは順序に変更が加えられている。

注4　虹の詩歌作品で動物が登場する場合、「鹿」が裕代、「兎」が虹、「リス」が和美をイメージしているケースがあるように思われる。詩「アイオロスのハープ」(『集成』第二巻所収)では「牝鹿は/やはらかな白い腹を/上に向けて/死んでいた」とあるが、これは姉の死の暗示であろう。その他、次のような作例がある。

　南から大きな鹿を追ひかけぬ　　　『網目』
　兎の眼栗鼠の眼ひかる祈年祭

盆踊りへと/いそぐ/兎の前脚は/もう/冷たく/なりかかっている/のです/よ
　「隕石」より(注記：晩年の虹は、薬の副作用によりつねに手が冷え切っていた)

注5　虹が姉を「あけぼの」として描いたのは、裕代が「あけぼの染」(裾を紅白のグラデーションとした染色)の着物を着ていたからではないかと、私は想像している。『かしすまりあ』には、「京都の姉の墓に参ず」と前書きして

　百々《どど》橋をいつも渡ってゆくのです姉の袂の茜色まで

の歌があり、『網目』には

　あけぼの染の袂しっかり握りしめよ

の句がある。

また、「インターネットむしめがね」のサイトで彼女は『日本霊異記』の中の「狐を妻として子を生ましめし縁」を英語とフランス語に訳して発表したが、原文の「彼の妻、紅の襴《すそ》染《ぞめ》の裳を着て」という部分を相当苦心して翻訳していた。狐女房の物語に、あけぼの染を着た姉の姿を当てはめて想像をめぐらしていたのだろうと思う。

注6　ティエリー・カザルス「ぶらんこの上の虹」(「むしめがね」第19号所収)による。手紙の原文はフランス語。

注7　「白」の表現のヴァリエーションとして、「雪」「霜」「牛乳」なども虹の作品には頻出する。

注8　οὖν は通常「ウーン」あるいは「オウン」と発音されるようだが、土地によってあるいは

時代によって「オイン」とされていたことがあるのだろうか。詳細不明。

注9　俳句の中で数字をカウントするという手法を松尾芭蕉が好んでいたことは、注意しておいてよいポイントである。

桜より松は二木を三月越し　　芭蕉
四つ五器のそろはぬ花見心哉
六里七里日ごとに替る花見哉
奈良七重七堂伽藍八重ざくら
九たび起ても月の七ツ哉
みそか月なし千とせの杉を抱《だく》あらし

注10　数字の中でもとりわけ使用例が多いのが、「三」である。

三乙女牛のゆくへをたづねけり　　『網目』
ファクシミリの紙つつつつ三月の翅のばしつつわたしの前に　　『かしすまりあ』

これは当然、「穴川家の三姉妹」が潜在意識にあってのものであろう。

注11　二〇一八年九月八日に行われたシンポジウム「冬野虹――光とともにときはなたれ」（ミルクホール鎌倉）において、詩人の中本道代氏は虹の「茱萸の木でござる」の詩でいかに巧妙に濁音が活用されているかを指摘し、自由詩でも音韻が重要な働きをしていることを明らかにした。

注12　拙著『田中裕明の思い出』（ふらんす堂）に収録した「田中裕明の点睛――句集『夜の客人』読後」、「土星の輪の下で」、「サンドイッチ韻とAABB形式」参照。

注13　俳句において短い間隔で頭韻を踏むというスタイルの先駆者は、阿部完市氏ではないかと考えられる。

Aへやまみち葉と葉と花子ちりながら　　阿部完市
やくそくのときところともしびいろ松原

虹はもっとも尊敬する俳人として阿部氏の名前を挙げていた。ただし、虹作品の押韻は阿部俳句を知るよりも前、ごく初期から見られる傾向である。阿部俳句を直接に模倣したというよりも、虹は虹なりに同種の押韻技法にたどり着き、後に完市作品を知ってさらに自分のスタイルに確信を持ったと考えるのが適切であろう。

注14

虹俳句に用いられる頭韻のもう一つの特徴として、字余りや句またがり等の、破調の句で踏むケースが多いという事実がある。

暗室にさくらの絵葉書を忘れ　『雪予報』
オフェーリアよ紋白蝶の跳んだ跡
天の川浅葱色の痣青い痣
こほろぎが洗面台にころんでゐる　『網目』
炉開や戀の淵とは思はぬものを
who《フー》-are《アー》-you《ユー》はこすもすもつれきった言葉
泣かないで丸餅三つ走ってゆく

注15

通常、クロスモーダルという語は、たとえば映画の画面にどのような音響や音楽を合わせると観客は興奮するかというように、複数の感覚刺激を並列的に与えることを指すのに使われる。しかし私の場合はもっと突っ込んで、ひとつの事物を感覚をまたがって表現するという意味で用いており、一種の造語である。形容詞なので、名詞として用いるときは「クロスモーダル俳句」「クロスモーダル表現」などと書くのが本来正しいだろう。

注16

芭蕉の頭韻表現の例を以下に挙げる。

旅人とわが名呼ばれん初しぐれ
荒海や佐渡に横たふ天の河
わせの香や分入右は有磯海
春雨や蜂の巣つたふ屋根の漏り
ひやひやと壁をふまへて昼寝哉

注17

可能性として考えられるのは、芭蕉と虹がともに共感覚の持ち主であったかもしれないということだ。世の中には、特定の音を聞くと特定の色が見えるとか、ある味を舌で感じるといつも尖った形が目に見えるというような特性を持った人がいて（比喩的に尖ったように感じるというのではなく、実際に目の前に尖った形が見える)、これを共感覚と呼ぶ。発生的に言って、人間の感覚はもとは一つであるのが、育っていく中でいろいろな感覚が分岐していく。ところが一部の人の場合は、感覚が連動したまま残ることがあるのではないかということが、仮説として言われている。作家のウラジーミル・ナボコフ、物理学者のリチャード・P・ファインマン、ヴァイオリニストのイツァーク・パールマンなどが共感覚者であるとされている。共感覚者であれば、クロスモーダル表現もより容易に実践できるだろう。

冬野虹と接していて、共感覚について彼女が語るのを聞いたことは一度もない。しかし共感覚者の中にはそれを自覚しない人もいるということであるし、虹が共感覚者であったとすると、その言動、能力について納得されることが多いのも事実である。

共感覚については、リチャード・E・サイトウィック、デイヴィッド・M・イーグルマン著『脳のなかの万華鏡――「共感覚」のめくるめく世界』(山下篤子訳、河出書房新社)を参照されたい。

冬野虹との二十年

本稿は冬野虹死去（２００２年２月）の翌年、「むしめがね」16号（追悼号、２００３年１月）に掲載した回想記事である。

昭和五十四年の春ごろ、俳句雑誌「鷹」の東京例会終了後の懇親会で、大阪から参会していた後藤綾子さんから「最近、鷹の関西支部に入ってきた女の人が、四ッ谷龍の俳句のえらいファンなんよ」とうかがった。ふーんと思って聞いていたが、当時は、この「えらいファン」こと冬野虹が私の連れ合いになるとは、もちろん想像もしなかった。

実際に虹と会ったのは、その年の十月、鷹の創立十五周年記念パーティーでのことだった。京王プラザホテルの廊下で彼女が向こうからやってくるのを見て、「冬野虹さんですか。はじめまして、四ッ谷龍です」と挨拶すると、彼女はぺこんとおじぎするなり、まるでこちらを避けるように逃げるように、どこかへ行ってしまった。が、二次会の席ではたまたま隣り合わせに座ったのだけれども、すると急に饒舌になり、今度は自分のことや俳句のことを次々話し始めたのには、こちらが驚かされた。そして彼女の真率な話しぶり、ひとことひとことをこちらの懐に温かい贈り物のように届けるその話しかたに、たちまち私はとらえられていたのだった。

それにしても、彼女が俳句を作り始めた時期に、私の俳句に関心を持ってくれたことは、私にとってたいへんな幸せであり、これにはどれほど感謝してもしきれない。後にはむしろ私のほうがよりいっそう彼女を尊敬し、彼女の俳句から大きな影響を受けることになるのだが、最初に彼女が私の句に興味を持ってくれることがなかったならば、二人の出会いも、二人で力を合わせて雑誌を発行し、創作に関わるということもなかったかもしれない。

虹の葬儀の数日後、高橋睦郎さんからいただいた葉書に、短歌が二首書かれていた。

愛《は》し妻を先立たしめて獨り在る君が立居やとりわけて眞夜

相寄りて相睦びにし二十年短かしといはむ短かかりけり

二十年、と言うが、指折り数えてみると、虹とともに暮らした年月は十八年にも満たない。そのあまりの短さを考えると、胸がつぶれる思いにとらえられる。だが最初に出会ってからのことを考慮に入れれば、彼女との付き合いはざっと二十年と言っても間違いではあるまい。冬野虹というすばらしい人、作家である前に人間として限りなく豊かな資質に恵まれた人がこの世に生きていたということを記録するために、二十年間に私が見てきた虹の姿をいささか書き残しておきたいと思う。

あなたがどれだけ理解してあげられるか

虹について、いったい何から書き始めればよいのか迷うけれども、まず彼女の人柄を示すあるエピソードから話すことにしよう。

平成二年に東京に転居してきてから、虹は東京日仏学院やアテネ・フランセに通い、フランス語や英語の勉強にいそしんでいた。語学学校でたくさんの友人ができて、友達とは学校以外の場所でも食事をともにしたり、展覧会をいっしょに観に行ったりして親しく接していた。とくに、虹は若い女性たちから人気があり、二まわり以上も年下の人たちとよく付き合っていた。女学生時代にも、しばしば下の学年の女子生徒から手紙をもらったりしたものだと言っていたが、若い女の人たちの多くにとって虹は「あこがれの人」という存在であったようだ。虹は子供のころ、感受性のテストを受けて、「きわめて早熟」という評価を受けたそうだ。彼女の人気はそのような、他の人よりも精神的に進んだ物の見かたができたという点と無関係ではないだろう。

さて、若い友人の一人、仮にA子さんとしておくが、その人と昼間食事してきて帰ってきた日に、虹はこんなことを言った。

「A子ちゃん、独身でしょう。それで今日、『私のことをわかってくれる男の人がいないから、もう結婚しない』って言うのよ」

「へえ」

「それで私、『あなたのことをどれだけ男の人が理解してくれるかじゃなくて、あなたが男の人をどれだけ理解してあげられるかのほうが大切でしょう』って言ったの」

「A子ちゃん、何て答えたの？」

「黙ってた」

「いいこと言うじゃないか。わが家でもその調子で僕のことを理解してほしいなあ」

と私が言うと、

「私はあなたのこと、ちゃんとわかっている」

とすまし顔で返事をした。A子さんは利発な美人だが、虹にはときどき悩みごとを打ち明けて、慰められていたようだ。

確かに虹は、他人の心理を理解する達人であった。たとえば子供がひねくれてぐずったりしているのを見ると、「あれはこういう理由でぐずっているのよ」と言い、また私が「あの人はなぜ僕にあんな意地悪をするのかなあ。心当たりがないのだが」と不審がっていると、「それはあなたがかくかくしかじかのことをしたからよ」と教えてくれた。それらの指摘は、まず大体、正鵠を射ているのであった。それほど人間心理がわかるのであるから、もっと人の心を操って処世を上手にこなすこともできたのではとも思われるのだが、実際にはまったくの世渡り下手であった。他人を自分のために利用するということが大嫌いなたちで、むしろ他人の苦しみも自分の苦しみのようにして理解する人だった。そのために、作家としてはいつも貧乏籤ばかり引いていた。他人の心を理解する能力を、もっぱら他人に尽くすことにばかり使っていたのだ。

虹と私は何度も海外に旅行に出かけたが、外国人と話をすると、なぜか虹の英語やフランス語のほうが私の話すことばよりもよく通じるのが癪の種であった。ただの文法力だったら、私のほうが上なのにである。また、外国人と日本人が交流するパーティーなどに出ると、いつも彼女は人気者で、虹のまわりに外国人の輪ができるのだった。「龍さんは日本語でも早口なのに、外国語を話すと緊張していっそう早口になるから、それで通じなくなるのよ」

と虹は言ったが、彼女の外国語がよく理解されたのはそれだけではなく、彼女には文法を超えたコミュニケーション能力があったからだろう。

彼女は、苦しんでいる人、悩んでいる人を力づけるのがとても上手だった。相手の悩みごとそれ自体について、くどくどと元気づけるのではなくて、一見ぜんぜん関係のないようなことをぽっと言うのだ。われわれは悩みごとがあるときに、誰かから「気にするなよ、元気出せよ、やり直しはききますよ」などと直接そのことについてしつこく言われると、忘れたいことをかえって考えてしまい落ちこむことがある。虹の慰めはそんなやりかたではなく、たとえば手紙の中に、近所の畑で咲き始めた花や、地下鉄の線路の上で追いかけっこをしていた鼠や、うぉんうぉん吠えている近所の犬のことなどを書く、すると読んだ相手は思わずそれに引きこまれて、いつのまにか微笑んでいる。そんな調子であった。相手が言いたいことを顔を見ただけでさっと理解する、また相手の心を明るくするようなことをさりげなく語りかけるというふしぎな力を虹は持っていた。

彼女の手が触れると

虹は数多くの俳句や、短歌や、詩や、素描を残していった。それらはどれもが彼女の天才を示している。しかし作品の鑑賞だけでは、なお彼女の才能のすべての面を理解してはもらえないのではないかと恐れる。彼女の一挙一動、発することばのはしばし、部屋の飾りつけ、ちょっとした書きつけ、それらがすべて創意に満ちて、芸術作品になっていた。虹本人を知ることは、虹の作品を味わうのと同じくらい、印象的な出来事だった。

虹の葬儀のあと、彼女の遺品を少しずつ整理しているが、いくら調べても、創作や思索と何らかの意味で関係ないものを見つけることがない。虚栄や、単なる手慰みの趣味などに通じるようなものは何一つ置いていなかった。彼女の所有品は、持ち主がいつも物つくりのことだけを考えていたことを教えるばかりなのだ。たとえば彼女の衣類。虹はファッションに興味があり、おしゃれ上手であった。だが、それは自分を美しく飾り立てるためというよりも、着ている服を通じて何かを表現するためだったように思える。ブランドものなどには一切関心を示さず、むしろ安い服を組み合わせたり改造したりして面白い効果を上げるのが得意であった。写真に示す防寒ジャケツなどはよい例である。もともとは、大阪のアメリカ村（古着など安い衣料を多く売っている商店街）で見つけた、アメリカの空軍パイロット用の防寒着なのであるが、これを気に入って、裏返しにして冬はいつも着ていた。着古してやがてナイロンの裏地が破れてきたが、するとそこに和服の帯の生地や別の古着から切り取った布を縫い付けて、縁にはぴかぴか光るリボンをかがって、パッチワークのような面白い服に仕立ててしまった。このキッチュな美しさを湛えた服ほど、虹の人柄をよくあらわすものはない。

パイロット用ジャケツを改造した服

ある時、友人夫妻の家へ二人で遊びに行く途中、虹は道端で烏瓜を見つけた。蔓ごとたぐって切って、持っていった。「はい、お土産」と言って烏瓜を渡すと、友人の奥さんはそれを棚に飾ろうとしたが、どう置いていいものか、とまどっていた。すると虹は、「それはね、こうするのよ」と、烏瓜の蔓を壁にからませて、まるでそこに烏瓜が生えているかのように巧みに置いてみせた。蔓がつくる曲線のかたちはまるでアール・ヌーヴォーの工芸品さながらのみごとさで、友人夫妻も私も、思わず「おおっ」と感嘆の声を上げたのであった。

道を歩いている時でも彼女の注意力は全開で、ショウ・ウィンドウで何か面白いものを発見するとノートを取り出して何ごとかメモし、道端で面白い野草を見つけるとかがんでは摘んでいた。虹と散歩すると、途中で何度も立ち止まって観察したり採集したりしていて、なかなか前に足が進まないので、私は待ちくたびれてしょっちゅう音を上げてしまったが、彼女はそうやって町や野の宝石を探していたのだ。摘んできた野草や枯れ草を家に帰ってから独特の感覚でガラス瓶に挿すと、それだけで一つの美術品ができあがった。虹の手は魔法の手、彼女が触れるとどんなありふれたものでも生き生きと命の輝きを示すようになった。

飯島晴子さんのこと

さて、このへんでそろそろ虹の俳句の話をしよう。冬野虹の俳句の独創性にいち早く気づき、その価値をつねに高く買ってくださっていたのは、飯島晴子さんであった。虹は昭和五十五年に初めて鷹新人賞の候補になり、翌年に賞を受賞した。それぞれの時点での選考委員としての飯島さんのコメントは、次のようなものであった。

（五十五年）資料として提出された二十句を見て意外に惹かれたのは、冬野虹さんであった。言葉がしこらないで、思いに自在なところがある。自己陶酔に堕ちない、気どらない、ほんとうの詩を追求してほしいと思う。

（五十六年）冬野虹さんが順調に伸びて、新人賞に決ったことはよろこばしい。

夕焼けて笹の葉先をわたつてゆく
雪の日に来る硝子売をいぶかしむ
蟬丸のかがやきて汲む芹の水
陽のにほふ泥人形をふりむける

作品のリアリティーはもう一息のところにあるが、新人賞にふさわしい可能性がある。

「鷹」の昭和五十八年十二月号に、飯島さんは「鷹の一年」という文章を発表した。おもにその年の雑詠上位で活躍した作者について論評した記事であるが、最後に「次に、誌上の成績の上下にかかわらず、取り上げたい人を掲げる」として、特に四人の作者についてコメントした。そのトップに虹の名前を挙げたのであった。以下がその部分の文章である。

冬野　虹

青々と悴んでこそ神の旅
はるのすな君あらあらし我かすか
菊の露ふれあふ音の端に居り
雪の笹咳しみとほる堅田かな

虹さんの言葉がぴったり合うと、まことに魅力的な非現実の時空をひらく。可憐な、透明な、ふくよかな、空気だけが在る世界。こういうつくり方は成功率は低いが、成功すれば魅力は大きい。虹さんはなかなか合わない言葉と根気よくつきあって、自分のやり方をまげないで貫いて来た姿勢に敬服する。ものを創る姿勢としては当り前なのだが、選というものを受けているとなかなか実行できないのである。虹さんの志が、今年は相当な成果をあげたことを他山の石としたい。

飯島さんのことをご存知の方ならよくわかると思うが、飯島さんは口先だけのお世辞はまず書かない人であったから、ここまで文章で応援してもらえるのはなかなかないことなのである。この記事がどれだけ虹を力づけたことか。

「鷹」には二十句の応募による特別賞、「春秋賞」という制度があり、一年半おきぐらいに作品の募集があった。予選を通過した作品は、作者無記名で印刷され、藤田湘子先生、飯島さんをはじめ、鷹の主要な同人が選者となり、採点して入選者を決めるのである。昭和五十九年、六十一年の春秋賞で、どちらも飯島さんは虹の作品に最高点をつけた。他の選者の支持をそれほど受けられなかったため、どちらも受賞には至らなかったが、飯島さんの支持はきわだっていた。以下が飯島さんの選評である。

（**五十九年**）［「氷面鏡《ひもかがみ》」（虹の作品の題名）］の方法では失敗作の多いことは避けられないにもか

かわらず、相当程度粒の揃っていることにも感心した。

　水に澄むふたつのからだ羊追ふ
　十二人こはかったのとコーラ飲む
　主は降りて花火の束をさしだせり

「氷面鏡」のような方法に拠るには、尚更絶えず、〝ものを書く〟ことの意味が確かめられていなければ、言葉は詩的真実を顕てないだろう。（六十一年）「霜」（虹の作品の題名）は、最もむつかしいところに賭けて、相当成功している。全体に一種の気配の漂うのもよい。

　隕石落下まつくらなそうめんつゆ
　すすみゆきかしこき蓮の飯ありぬ
　霜の香の蓄音機かなきいてゐる

などの句に、リアリティーを感じとった。

　五十九年作も六十一年作も、どちらも虹の代表作と言える句が粒よりに揃っているシリーズであり、なぜ彼女が受賞できなかったのか不思議でならない。やはり作品が新しすぎて過半の選者の方々には理解できなかったのだろう。彼女の作家としての不幸はこのあたりから始まったと言える。しかし飯島さんの一貫した支持は、その不幸を埋め合わせるだけの慰めを彼女に与えたと思う。

　われわれが六十二年に「むしめがね」を創刊してからも、飯島さんは各号ごとに感想を送ってくださり、私たちに大きな励ましを与えてくださった。虹の仕事では、彼女が第8号に発表した、「桜の木」という、死んだお姉さんのことを書いた回想文にたいそう感心してもらった。虹という作家がどういう家庭で育ってきたかがよくわかり、文章がいったん終ったあとに、突然虹の短歌が並ぶところが、あっと驚くような効果を上げている、と。

　飯島さんは、すばらしい作家であったにもかかわらず、俳壇では晩年までなかなか正当に遇されることがなかった。そのことにわれわれは憤慨していた。虹は、「飯島さん、日本になんかいないで、ニューヨークに行ってアーチストになればいいのに。向こうの人になら飯島さんの偉さが理解されるから、きっと成功するわ」などとよく言っていた。

永田耕衣さんと「もとの会」

飯島さんと並んで虹の俳句をもっともよく理解してくださったのは、永田耕衣さんであった。われわれは神戸に住んでいたころ、何度も田荷軒（耕衣邸）を訪問し、大いなる感化を受けてきた。耕衣さんは虹の句では、たとえば

消毒後ほととぎす鳴くくるほしく

という作を、「消毒後などという語をよくぞ俳句の中に使った。こういうことばを使うと、いい句ができる」と、激賞してくださった。

耕衣さんや和田悟朗さんを中心として、神戸の元町で「もとの会」という句会が毎月開かれていたが、私たちもやがてそこに通うようになった。この句会で、耕衣さんはよく虹の句を採っておられた。もとの会では、Mさんがいつも耕衣さんの横に座り、畏敬の念を愛らしく発揚していたが、そのMさんが「センセ、いつも虹さんの句を採りはるねえ」とすこしうらやましそうにおっしゃるのが可笑しかった。

ある時、こんなことがあった――虹が私に自作の俳句を見せて、どう思うかと意見を求めたのである。その中に

ながい空蛍の脚はみぢかけれ

という句があった。私は、

「どうもこの句はよくわからないなあ」

と言った。虹は、この句には自信がある、と強く反論した。そう言われてあらためて読み直し、うーんとしばらく考えてみると、なるほど、なかなか面白い句である。しばらくして

「そうだね。やっぱりいい句だと思うよ」

と返事した。

この句を虹はもとの会に出句した。すると耕衣さんはそれを採った。誰かが、「この句はそんなによい句だろうか」と疑問を口にしたが、耕衣さんは

「しかし、『ながい空』とはなかなか言えんぜ」

と答え、この句をよしとされた。私は愕然とした。それまで、私は耕衣さんを尊敬しながらも、その

偉大さに影響されることを恐れ、少し用心するような気持を持っていた。耕衣さんは他人への感化力が強く、悪く影響されると自分の俳句が無茶苦茶になるようなところがあった。実際、耕衣門下でそのエピゴーネンに終った人はたくさんいた。だから、「耕衣さんは偉大だけれども、やはり私のような迷える現代人とは別種類の人間だ。私は耕衣さんのように大仰に『永遠』や『無』についで考える必要はない」と、強いて間に仕切りを設けて、距離を置こうとしていた。

そのころ私は自分を、虹の俳句のよき理解者だと思っていた。「むしめがね」を発行する同志として、彼女の長所は知り尽くしているようなつもりでいた。他の人が理解できない虹の句の斬新さも、自分にはわかると思っていた。ところがそんな私の頭の上を跨ぎ越していくかのように、耕衣さんは虹への共感をあっさり示したのだった。私が理解するのに時間がかかった句の真価を、一目で見抜いた。ショックだった。この瞬間、私の心の中の何かが音を立てて崩れた。私がかつて警戒感を持っていたのは、私に耕衣さんと張り合うような気持があったからだった。負けてはいけない、そんな心理が無用の仕切りを作り出していたのだった。だが私のちゃちな意地を笑うかのように、耕衣さんは虹の俳句を理解してみせた。虹の句がよく理解できるということは、私の抱えている世界なども耕衣さんからはすっかりお見通しということだ。私のちっぽけな虚栄、けちな独尊主義を、耕衣さんの棒はこなごなに打ち砕いた。だいたい、夫だから妻のことはよく理解しているはずだなどと思うこと自体、まったく滑稽なひとりよがりだということにも気がついた。

このことがあってから、私の心から耕衣さんへの警戒感は消え、尊敬はいっそう深まった。耕衣さんに感化を受けたために駄目になるような自分の俳句なら、しょせん私はその程度の器の人間でしかなかったということだ。火傷することを恐れて火の暖かさを知らないですますような愚かなことはしてはいけない。

ところで虹の俳句に戻れば、長いものと短いものを対照するのに、「空の長さ」と「螢の脚の短さ」を比べるというのは想像を絶した比較で、こういう飛躍した発想をするところに虹の常人とは異なる才能のきらめきがある。空の長さと海の広さを比較するとか、螢の脚の短さとばったの触角の長さを比べるというような、近い種類のもの同士の比較なら、誰でも思いつくことであろうけれども。

彼女がフランス語の語学学校に通っているとき、文法の授業で比較級の用法を教わったことがあった。比較表現を理解させるために、先生は生徒たちに例文を作るように言った。他の生徒は「ピエールはジャンよりも背が高い」とか、「フランス人は日本人よりもたくさんワインを飲む」とか、ごくありきたりの例文を作って答えたのだが、虹は「鯉は蝶々よりも長生きだ」と答えたのだそうだ。先生はぎょっとして、一瞬とまどっていたが、「う、うん、いいでしょう」と言ったという。まったくもって、鯉と蝶々の寿命を比較するとはいったいどこから思いついたものか、フランス人の先生ならずともびっくり驚いてしまうだろう。このように、二つの物を一句の中で対照する場合、両者が同じ平面に並ばず、まったく違う位相に置かれているというのは、虹の俳句の特徴であり、彼女の世界を理解する上で重要なポイントの一つだと思う。

吉岡実さんからいただいたもの

詩人・吉岡実さんにはじめてお目にかかったのは、鷹の十五周年記念パーティーの時であったが、虹とともにより親しくお話をさせていただいたのは、昭和六十二年の永田耕衣米寿の集いの時であった。ちょうどそのころ、「むしめがね」を創刊したり私の句集『慈愛』を出版したりしたので、お目にかかったのを機にそれらの本を贈呈すると、ご丁寧な感想を、手紙や葉書で知らせてくださった。尊敬する吉岡さんからお手紙をもらえるとは、私たちは幸せであった。アパートの一階のポストに吉岡さんからの郵便を見つけると、私はそれを持って階段を駆けのぼり、「おーい、虹、吉岡さんから手紙、手紙」と興奮して大声で報告したものだ。

当時神戸に住んでいたわれわれに、吉岡さんは「東京に来ることがあれば、いつでも連絡してください」とおっしゃってくださった。実際に東京でまたお目にかかったのは、平成元年に入ってからのことだったろうか。連絡して、渋谷の道玄坂の喫茶店「トップ」で待ち合わせることになったが、われわれは予定より一時間以上も前に店に着いてしまい、吉岡さんが到着するのを今か今かと待っていた。大雨の中、傘をたたみながら現れた吉岡さんは、いつもの気さくさで俳句のこと、自分の創作のことなどについて話した。中でも、虹の句集『雪予報』の内容を褒めてくださった。この日、「雪予報の十二句」を選んできれいに原稿用紙に清書したものを、持ってきていただいたのだ。

「虹さんの俳句はナイーヴで、とてもいいと思った。僕は俳句らしい句が好きなもので、選んだ句も俳句らしい形のものが多いけどね」

とおっしゃったものだ。

その後も吉岡さんは私たちを励まし続けてくれた。あるときは、「今、詩誌でもっとも充実しているのは、『夏夷』と『むしめがね』だと思います」と書いてこられた。これには虹も私もびっくりで、大喜びした。「日本で読むべき雑誌は二つしかない。その一つが『むしめがね』だ」というようなことを他でもおっしゃったそうで、おかげで私たちはずいぶん面目を施したこともあった。もちろん、吉岡さんは俳句のことがヒイキであったし、またわれわれ二人があまりに不器用で損なことばかりやっているのを見かねて、力づけようと思ってそう言ってくださったのだろう。吉岡さんはほかの俳人にも等しく親切であったし、吉岡さんのひとことを盾にとって私たちが天狗になったことはない。とはいえ長年投句を続けた結社誌を離れて、二人だけで雑誌を出すというのは、たいそう心細いことであったわけで、そういう心理状態のところに届いた吉岡さんの声援は、世界全体が応援してくれたとしてもこれほどではあるまいと思われるほどの大きな自信を、私たちに与えてくれた。

平成二年の五月、リュウとニジは東京に引っ越した。東京に移る時、私たちがいちばん楽しみにしていたのは、吉岡さんにまたお目にかかることだった。

転居した直後、雑誌の中に、高橋睦郎さんが広尾の画廊で写真家と対談をするという記事をみつけて、私たちは出かけて行った。対談が終わってから挨拶に行くと、高橋さんは「吉岡さんが病気で危篤なんです。今夜あたり亡くなるかもしれない」とおっしゃった。一瞬、何か聞き間違いかと思って、耳を疑った。あまりのことに呆然として、口もきけなかった。二人ともきっと、魂をとられたように空ろな顔をしていたことだろう。その夜は、虹と私はかわるがわる涙を流し、思わず声を洩らしてすすり泣きした。そして翌日、吉岡さんが亡くなったとの知らせを受けた。

吉岡さんのお墓は巣鴨の眞性寺にある。「むしめがね」の新しい号ができるたびに、一冊を持って私たちはお墓参りに行った。それ以外にも、虹はときどき一人で墓参をしていたようだ。私たちがこうやって雑誌を出し続けていられるのも、吉岡さんのおかげです、とお礼を言うために。

いちばん尊敬する俳句作家

吉岡さんは、渋谷でお会いしたとき、「虹さん、俳句では、誰のものがお好きですか」と尋ねた。彼女は「阿部完市さん」と答えた。「阿部完市ねえ!」と、なるほどいかにもと言うように、吉岡さんはうなずいていた。

確かに虹の感受性は、阿部さんの俳句と通じるところがあったと思う。俳句を作るときに、既成の概念を手がかりにして発想するのではなく、ことばそのものが持つイメージをダイレクトにつかみに行くというところがである。私は阿部さんの俳句は、句集『にもつは絵馬』のころがいちばん充実していると考えていたが、虹は「そんなことはない、最近の作品のほうがよいくらいだ」と言っていた。後に、パーティーの席などで彼女は阿部さんとお話しする機会があった。その後で「やっぱり阿部さんの話すことはきちんとしている。あの方は本当の作家だと思う」と尊敬を深めていた。虹は「阿部完市俳句鑑賞」の文章をだいぶん以前に書いたことがあったが、これは未発表のまま置いてある。家の中を捜せば、どこかに原稿があるはずだから、いつか見つけて雑誌に載せておきたいと思う。

あの世に行く四か月ほど前、虹は『阿部完市全句集』から二十句を選んで、フランス人の研究者に書き送ったことがあった。それをここに書き写しておこう。

冬野虹選　阿部完市の二十句

わが匂ひするわが裸となりねむる
韃靼国よりの金色逮捕状
少年来る無心に充分に刺すために
海へ少女朝を射ち抜く弾丸となつて
私の島ではればれ燃える洗濯屋
鶴のように空で疲れるオートバイ
ローソクもつてみんなはなれてゆきむほん
十一月いまぽーぽーと燃え終え
いもうとと飛んでいるなり青荷物
風をみるきれいな合図ぶらさげて
鳥がきて大きな涙木につるす
山にみどりの坊主咲きみちわたりたり
山ごーごー不安な龍がうしろに居り
白紐のようなるみちを白鞠白靴
君よぼかんぼかんと牡丹大花こわす君
きつね定住雨に斧ふつている
杖ですこしずつ夕暮れをさがしけり
夏野菜煮てこがしさんたまりやさま
引き出しあけてかもめの心《しん》にさわるかな
汝は小犬青嘘のようにもう居ぬ

虹の創作ノートから

虹はたいへんなメモ魔であった。いつもノートを持って歩いていて、電車の中でも本を読んで気に入った個所などを書き写していた。祝詞について研究したノート、近松門左衛門ノート、ウェルギリウス用ノート、ミシェル・ド・モンテーニュ勉強ノートなど、虹の興味関心がありとあらゆる方向に伸びていたことを示す帳面が残っていて、彼女の勉強家ぶりをとどめている。今、私は、虹の遺作を出版するために彼女が書いたものの整理をしているところだが、山のように残った帳面一冊一冊に番号を振り、その内容を確認して、データベース化していくのは、気が遠くなるような仕事である。しかし、それら勉強ノートのページにはさりげなく俳句作品が書きとめてあったり、間に素描が挟み込んであったりするので、それらの作品を拾いだす収集のために調査は慎重に行わなければならない。

虹が最後に持ち歩いていたノートの表紙には、「Gaston Bachelard ノート」と書いてある。フランスの思想家、ガストン・バシュラールの本に関するメモノートである。バシュラールの著作は、以前に私が『蠟燭の焰』を読んでとても感動したので、彼女にも読んでみたら、と勧めた。彼女はたちまちこの本のとりこになり、入手可能なすべてのバシュラールの訳書を買って部屋の隅に積み上げ、読破していた。バシュラールとミシェル・ド・モンテーニュは虹のあこがれの恋人で、二人の写真を机の前に吊るしていた。著作を原書でも読みたいと言うので、フランスの本屋に『空間の詩学』『ロートレアモン』の二冊を注文したが、本が届いたのは虹の葬儀の翌週であった。

次のページに示すのは、虹のバシュラール・ノートの一ページである。ここには彼の最後の著作、『火の詩学』からの書き抜きが見られる。その中の一行、「自然の中では、速く動くものはすべて罪がある」などというのは、いかにも虹が愛する言い回しだ。何というか、日常のありきたりな出来事の中に、生持つものの運命の深みをかいま見て（論理的にではなく詩的にかいま見て）、それを哲学的に展開するような思考方法が、虹好みなのだ。こういうバシュラールの一節一節が、虹の心を魅惑していたにちがいない。

さらに注目されるのは、虹がいつも文をまるごと書き抜いているわけではなく、しばしば単語だけを写しているところである――「盗み鳥」「宇宙劇」「狩人」「香料」など。このことは、虹が本を読みながらも、俳句や短歌に使えることばを探して採集していたことを示すのだ。ちょうどいつも散歩の途中で道端の草を拾い集めていたように。虹の頭脳の中の詩のレーダーが、ことばを探して活字の上をサーチしていく様子が、ありありと見て取れる。

そして「捨て子（シャンピ）」という語の下に、突如俳句が出現する。

椿より白く捨て子の置かれあり

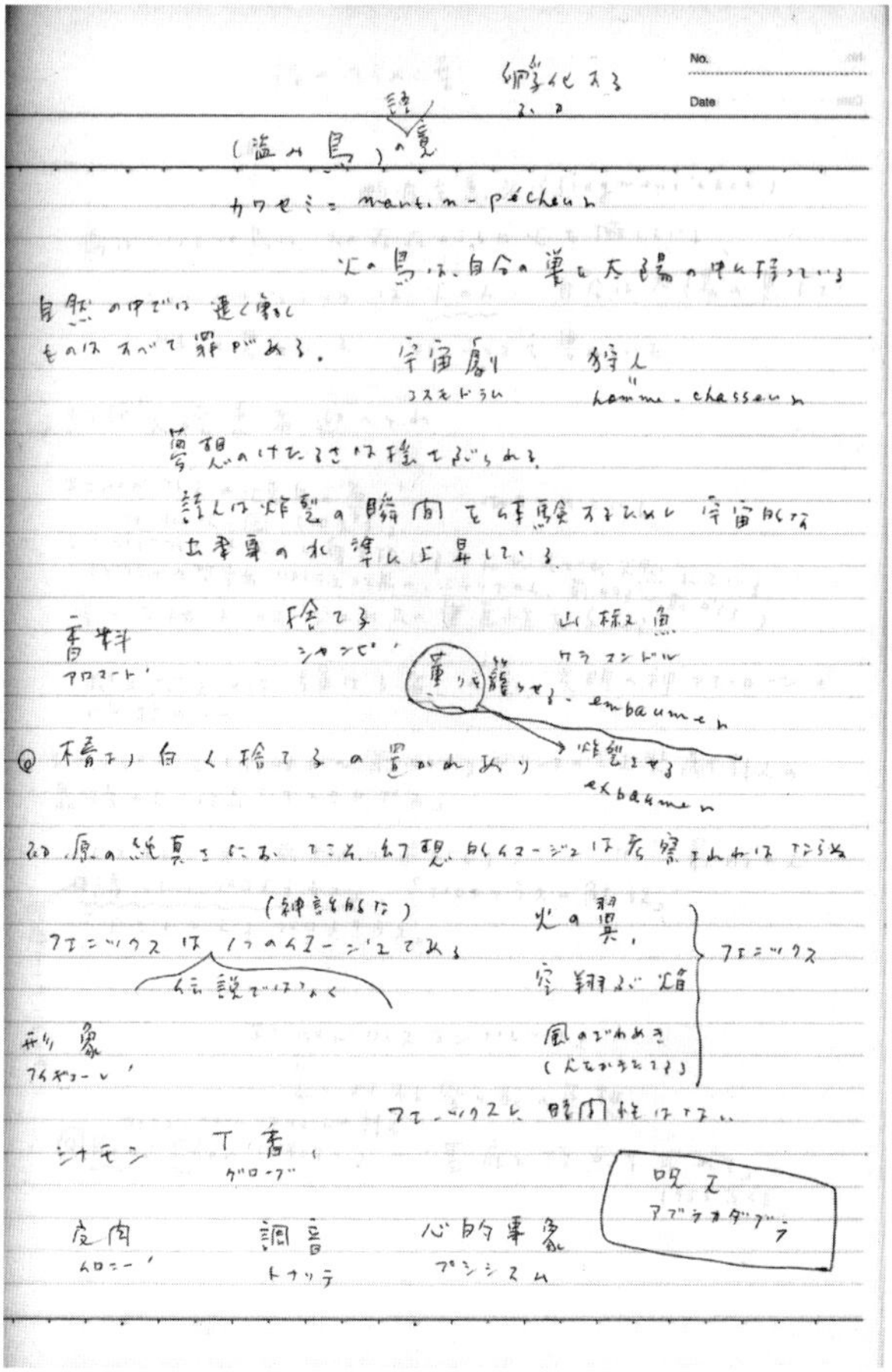

虹のGaston Bachelardノートより

この俳句は傑作だ。捨て子というものを、かわいそうな存在として説明的に捉えるのではなく、「白いもの」として捉える。椿と捨て子の白さを比較するというのは、本来まったく比較の対象とならないもの同士を比較するという、例の虹の得意な手法である。そして椿と結びつけることで捨て子を強引に「白い」と断定し、捨て子を永遠の白い光で包んで、神様のところへ届けることに成功している。この句は虹の作品の中でも、とりわけ感動的なものの一つと言ってよい。

ノートでこの句が書かれた部分の次は、もう読書へと戻って、「初源の純真さにおいてこそ、幻想的イマージュは考察されねばならぬ」とバシュラールのことばを平穏に書き写している。皆さんはこのページを見て、どんな感想を持たれるだろうか。私はこんな感じがする――まず最初に静かな水面がある――その上を撫でるように彼女の視線が往復している――視線はある個所の上でぴたりと止る――突如物凄い音響と光が現われ――一句が出現する――かと思うと、その光はたちまち静まり、まるで何ごともなかったかのように後は水のひろがりだけが見える。そんな具合だ。ノートのページそのものがすばらしい精神のドラマを表現しているのではないだろうか。このように虹の残したメモの一葉一葉が、私にとっては大切な芸術品に見えるのである。

作詞コンクール優秀賞受賞

平成五年、虹はある作詞コンクールの募集要項を見つけ、それに応募すると言った。鎌倉市が、新しい文化ホール「鎌倉芸術館」をオープンさせたことを記念して、歌曲作詞コンクールを催したのであった。作詞家のなかにし礼氏が芸術館の総監督で、審査委員長も務めた。作詞のテーマは「鎌倉」、応募作から十二作を優秀賞として選び、入賞作には日本を代表する作曲家の方々が曲をつけることになっていた。虹は、賞を狙うというよりも、自分の詩に曲がつけられるということに大いに興味を持って、詩をたくさん作って鎌倉市に送った。しばらくして、鎌倉市から一通の封書が届いた。応募した詩の一つ、「あしたりすに」

が受賞したとの通知だった。
その年の十一月二十日が、授賞式と歌曲初演の日だった。虹と私は連れ立って鎌倉芸術館に行った。誰が、どんな曲をつけてくれたのか、まったく知らされておらず、わくわくしながら出かけて行った。
受賞者は、曲の演奏前にひとりずつ舞台に呼び出され、なかにし氏と島田祐子氏の二人からインタビューを受けた。この時、なかにし氏は虹の詩を絶賛してくださった。

この詩はものすごくユニーク。好き勝手な字数で書いているけれども、ねらい、テーマ、さまざまなものが非常にユニークで、これは満場一致で授賞が決まった。ぱっと詩を回しただけで「ハイ、当選」という感じで、合格してしまった。もちろん、鎌倉にはいっぱいリスがいますけれど、それをうたった人は意外に少なかった。

虹の詩に作曲してくださったのは、小森昭宏さんだった。「げんこつやまのたぬきさん」など、子供のための楽しい曲をたくさん作っておられる方だ。演奏者は鈴木寛一（テノール）、小原孝（ピアノ）のお二人。小森さんの曲は、まるでドビュッシーかフォーレのような、夢見るような美しいメロディのものだった！　虹の詩の内容とぴったり合って、すばらしい歌曲に仕上がっていた。

あした　りすに

作詞　冬野　虹
作曲　小森昭宏

りすに会ったむすめ
かまくらの庭
お寺の庭
てぶくろを
はずしてごらん
はしる　りす
みあげた枝

たかい梢に
空は
いま
ちらばり

新月のぬばたまの
闇はうたう
かまくらの
鐘はひびく
かねのね
空へちりゆき
星はもどるよ
てぶくろを
はずしてごらん
あした

島田　きれいな詩で、きれいなメロディでしたねえ。心がすっと洗われるような、気持ちがいい歌でしたね。

なかにし　詩からイメージしたものを、ほとんど満たしてくれるような曲でしたね。

後に芸術館からは、当日の演奏テープや楽譜が送られてきた。テープからは、鈴木さんの声と小原さんのピアノの音が露の光のようなかがやきを連れて転がり出てくる。今でもテープをかけるたびに、曲に耳を奪われ、またステージに恥ずかしそうに立っていた虹の姿を思い出すのである。

ピナ・バウシュ、そして大野一雄氏と慶人氏

虹が関心を持っていた表現のジャンルは多岐にわたっていて、俳句、短歌、詩、小説、美術はもとより、文楽、能・狂言、落語、クラシック音楽、現代音楽、シャンソン、映画、染色など、あらゆる分野の作品から意欲的に何かを学んでいた。それらの中でも、彼女がいちばん心を惹かれていた表現形式は、ダンスではなかったかと思う。彼女の姉が踊る人で、江口乙矢モダン・ダンス舞踊団の一員であったことと、それは無縁ではない。モダン・ダンスのほかにも、バレエや民族舞踊など、あらゆる踊りのかたちに興味を示していた。

舞踊家で振付・演出家のピナ・バウシュは、戦後のドイツが生んだ偉大な創作者である。舞台に演劇的な要素を持ち込んで、ダンスについての既成の概念を打ち破り、今日なお一作ごとに世界中を震撼させている、真の思索家だ。映画がお好きな方だったら、フェデリコ・フェリーニ監督の『そして船は行く』で盲目の皇女の役を演じていた人と言えば、あああの女性かと、わかっていただけるだろう。

彼女が大作「カーネーション」を携えて、主宰するヴッパタール舞踊団とともに来日したのは、平成元年のことだった。ピナのことを尊敬していた虹に連れられて、私も大阪のフェスティバルホールにこの作品を観に行った。舞台いちめんに敷きつめられたカーネーションの花！　その上で世界各国から集まったダンサーたちが、風変わりなしぐさを繰り返してみせる。虹はピナの舞台づくりを注意深く観察し、演了後熱い拍手を送っていた。私のほうはといえば、ダンスに関しては少し感受性が鈍いところがあるので、ピナの力作を観ても、当時はあまりよく理解できなかったのだが。

その週、京都のドイツ文化センターでピナを迎えてのレセプションが開かれるということを知った虹は、この集いに出かけて行った。会場には、ダンサーの卵の若い女性たちが母親といっしょに次々詰めかけており、何とかピナに近づいて引き立ててもらう機会を得ようと押し合いへし合いしていた。虹は会場の隅のほうで、目立たないようにおとなしくしていた。さて、ピナを歓迎して、皆でワインで乾杯するという段になったのだが、そのときなぜかピナは離れたところに立っていた虹のそばにするすると近寄ってきて、目を見ながらグラスを合わせた——押し合いへし合いの若い女性たちには目もくれずに。おそらく、虹の中に自分と通じるものがあることを、ピナは一目で見抜いたのだろう。

時は流れて平成十一年の六月、ピナは公演のため何度目かの来日を果たした。虹はピナの公演のたびに、何日分かのチケットを買って次々に観に行くのが常であったが、このときも三回分のチケットを買ってヴッパタール舞踊団の舞台を勉強しに行くのを楽しみにしていた。

第一日分の公演の日、虹は与野市の文化ホールへと行ったのだが、何と彼女は中に入れなかった。虹の切符は前日のもので、公演日を間違えていたのだ！　すごすご家に帰ってきた彼女は、しょんぼりしていた。

その週末、横浜市のかながわアートホールで、詩人・白石かずこさんの朗読会があった。白石さんはいつも通りの堂々たる朗読ぶりで、しかも途中、舞踏家の大野一雄氏が飛び入りで踊り始めたから、会は大いに盛り上がり、まるで広いホールの空間が宇宙の中を漂っているような、われわれが大きな卵の中にいるような、不思議な気持ちになったものだ。

会が果ててのちのパーティーで、大野一雄さんとともに来ていた、やはりすばらしい舞踏家、ご子息の慶人さんとお話しした。慶人さんは

「横浜は私たちの地元ですから、ほんとうは四ッ谷さんと冬野さんをご案内しなければいけないんですが、明日大切なお客様があるので、申しわけありません、ご一緒できないんです」

などと、とても親切な、やさしいことばをかけてくださった。このとき私は、「大切なお客様」というひとことを聞いて、はっと思った。

「お客様は、外国の方ですか？」

「ええ、ピナ・バウシュさん」

「えっ、そうなんですか！　虹はピナのことを、とてもとても尊敬していて、いつも公演を観に行っているんですよ。先週も出かけて行ったのに、公演日を間違えていたためにダンスを観ることができず、がっかりしているんです」

と私が言うと、

「それじゃあ、明日私たちの稽古場にいらしてください。ぜひどうぞ。駅まで来て電話してもらえれば、うちの若い人に迎えに行かせますから」

と誘ってくださったのだった。虹の喜ぶまいことか。

次の日は、私は会社勤めがあったので、虹一人で大野一雄舞踏研究所に出かけて行った。以下は、あとで虹から聞いた話である。

虹が相鉄線の駅に到着して、慶人さんに電話すると、約束どおり研究所の若い方が迎えに来てくださった。研究所でピナの到着を待っていると、ヴッパタール舞踊団の人々とともに彼女は現れた。

ピナ・バウシュ（右）と冬野虹　平成11年6月、大野一雄舞踏研究所にて

大野父子とピナが再会を祝しあい、やがて皆は食事をしながら自由に歓談をはじめた。虹はピナに近づいて、話しかけた。するとピナは
「I remember you.（あなたのこと、覚えているわ）」と言ったそうだ。たった一度、京都で乾杯した時のことを、はっきり記憶されていたのである。その日二人はどんな話をしたのか、虹から少し聞いたが忘れてしまった。しかし二人がいかに親しく心を通わせて話し合ったかは、写真のそれぞれの表情を見ていただければわかってもらえるだろう。

この歓迎会でも、虹は舞踊団のメンバーに囲まれて、大いにモテたらしい。

「まるでアポロの彫刻みたいなきれいな顔をしたギリシャ人の男の子が、『ドイツに来たらぜひ連絡してください』って言って、住所を教えてくれたのよ！」

また、公演日を間違えて会場に入れなかった話をすると、別のドイツ人のダンサーが、「それじゃあ、明日与野のホールでリハーサルがあるから、それを観においでよ！　入れるように、話をしておくから」と言ってくれたのであった。

次の日、虹は与野へ行き、リハーサルでピナがダンサーたちを指導する様子を間近で見ることができた。この経験は、とても深い印象を虹に与えたようであった。公演日を間違えたおかげで、かえって大きな収穫を得ることができたのだ。それもこれも、大野慶人さんのおかげ、そしてピナと舞踊団の人々のおかげであった。

話が後先になってしまったが、大野一雄氏、慶人氏について書いておきたい。お二人のダンスは、神戸に住んでいたころからしばしば拝見してきた。中でも、伊丹のホールで観た「ラ・アルヘンチーナ頌」で、女装した一雄氏が、「パパ！」と言いながら前に身を投げ出すところは、とても可憐で魂に響くシーンであった。

一雄氏の踊りは、とても華やかでわかりやすいから、私も一目でそのすばらしさが理解できた。一方、慶人氏のダンスは、静謐でゆるやかだから、派手さがなく、はじめのうちはどこがよいのか、よくわからなかった。虹は、「慶人さんの踊りもすばらしいじゃないの」と言っていたが、こちらはなかなか得心するには至らなかった。

私が慶人さんのダンスのすばらしさにようやく目覚めたのは、平成七年、神奈川県立美術館での「着陸と着水　舞踏空間から絵画場へ　中西夏之展」の最終日のことであった。この日、中西夏之さんが、美術館の空間に作ったインスタレーションを撤去するために、「解体儀式」を執り行った。そのとき、会場に来ていた慶人さんを中西さんは呼んで、儀式に協力するように頼んだ。中西さんは慶人氏のはだしの足指にガムテープでスプーンをくりつけ、手の指の間に何本も鉄の棒を挟ませて、腕を突き出したまま作品の上を歩くように言った。慶人さんは中西さんの指示通り、ゆるやかに作品の上の端のほうを歩いてゆき、やがて身をひるがえして真ん中へと進んでいった。中央に達したとき、慶人さんは指を思いっきり突き出し、鉄の棒を前方へ放った——同時に、中西さんは作品の上にベアリングの玉を撒いた。まるで銀色の滝が一瞬空中に顕ったかのように見えた。すばらしい、劇的な幕切れであった。そして私は、慶人さんの静かな踊りの中には、どれほど厳しい内省的な時間が籠もっているのかを、この時理解したのである。一度わかってしまうと、そのあとはいつ慶人氏の公演を観ても、感動を新たにすることができるようになった。

虹は一度、慶人さんの公開ダンス・レッスンに参加したことがあった。彼女は医者から激しい運動を禁止されていたので、ダンスなどやって大丈夫かどうか、私は心配したが、虹はダンス・ウェアの店「チャコット」にいそいそと出かけ、レオタードやバレエ・シューズを買い込んできた。それを見ていると、ああ、虹はことばや絵だけではなくて、身体でも何か表現したいとずっと思ってきたのだなあということがよくわかるのだった。

公開レッスンから帰ってきた虹は、慶人さんの指導のしかたに感心することしきりであった。大野慶人さんはとても頭の良い方よ、聴くほうがちゃんと理解できるように、上手にたとえ話をしながら教えるの、と。

平成十四年五月、ピナ・バウシュとヴッパタール舞踊団来日。虹はすでに二月に、公演の切符を購入していたが、観ることができないままあの世に行ってしまった。私は彼女に代わって、新宿文化センターに、「炎のマズルカ」「緑の大地」二作品を観に行った。会場では大野慶人さんにもお目にかかった。慶人さんの大きな花のようなほほえみを見ていると、いつも心慰められると同時に、自分自身の不純さが恥ずかしくなるような気にもなるのであった。

さて、それまで理解できなかったピナの舞台が、今回は私にもよくわかって、面白くて面白くてしかたなかった。なぜ今までピナの世界を私が理解できなかったのか、不思議なくらいで、リュウは本当に血の巡りが悪くて鈍感だなあと、われながら呆れざるをえなかった。

ピナの公演を観に行こうと誘う虹に対し、私は「忙しいから、今回は僕はいいよ。君一人で行ってこいよ」と答えていた。しかし彼女は「そんなことを言わず、行きましょうよ」と、こちらがウンと言わなくても私の分の切符も買い、来日公演の際、いつも一回は強引に私を連れ出した。その教育の成果が、今回ようやく私の上に表れたようであった。
思えば、虹は立派な教育者だった。教壇から物を教えたわけではないが、フローベールの小説の題に倣って言えば、無意識のうちに感情の教育をまわりにほどこしていたのだ。彼女に誘われ、連れられて、多くの人が中西夏之展に出かけ、文楽を鑑賞に行き、ヴィム・ヴェンダースの映画を味わい、大野父子の舞踏に接し、塚本邦雄の短歌や高橋睦郎の詩やモーパッサンの本を読むようになった。一度断られても、あきらめず二度、三度と、彼女が愛する作品を相手も理解するようになるまで、誘い続けた。天児牛大主宰の山海塾のダンスなども、私が最初わからなかったが、何度も虹に連れていかれるうちに感動できるようになったもののの一つであった。

虹のことや、虹に親切にしてくださった方々のことを書き始めると、思い出があふれてくる。文章が止まらなくなりそうだが、節度を守らねばなるまい。

それにしても、虹には聞いておきたかったこと、話しておきたかったことがまだまだたくさんあったような気がする。しかしそう思うのも、私の感傷にすぎないのであろうか。

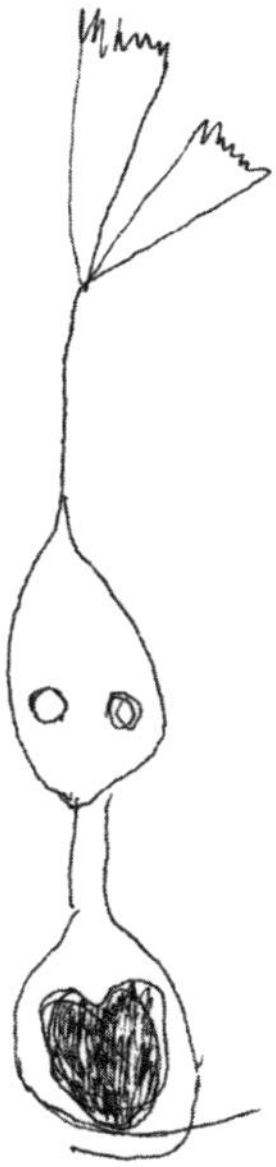

解題

Ⅰ　俳句

冬野虹には句集『雪予報』および未刊の第二句集『網目』がある。

『雪予報』は1988年8月、沖積舎より刊行。1977年から87年にかけての作品337句を収録した四六変型判書籍。

『網目』は1987年から2002年にかけて制作した俳句作品より、四ッ谷が569句を選んで編纂し、『冬野虹作品集成』に収録。句集名の「網目」は、当初第一句集の題として虹が候補に考えていたものの一つを採用した。

本書では編者が全体から300句を選び、そこに版元の希望を加えた339句を紹介した。

Ⅱ　詩

冬野虹は1995年から2001年にかけて127編の詩を制作（断片・スケッチ含む）したが、そこから91編を選んで未刊詩集『頬白の影たち』とし、『冬野虹作品集成』に収録。詩集名の決定は編者が行った。本書ではそこから39編を紹介した。

「パプリカはいかが？」は今回初めて活字とした詩である。冬野虹は最晩年にブルガリア、ハンガリー両国を訪問したことを契機として3編の詩を書いた。うち「ソフィア」「ドナウ河」は清書稿の中に含まれていたが、「パプリカはいかが？」は下書き稿の中に埋もれていたので、詩集編集の際に見落としていた。おそらく虹は推敲後に清書稿ファイルに入れるつもりだったと思われる。ブダペストの地下鉄駅で「パプリカ！」と叫びながらそれを売っていた少女をモデルとしたもので、未定稿ではあるが冬野虹が書いた最後の自由詩であろう。

「あした　りすに」は歌詞として発想されたもので、他の自由詩とは趣が異なる作品である。詳しくは本書の「冬野虹との二十年」をお読みいただきたい。

Ⅲ　短歌

冬野虹は、1992年から2001年にかけて677首の短歌を制作した。歌集刊行を目指して作品を清書し、収録候補へのマル付けを行っていた。ところがそれらを見ると、マル付けが厳選になっている時期もあれば寛選になっている時期もあり、またマル付けをまったくやっていない時期もある。また私の目から見て、マルのない歌にも興味の引かれるものがあった。そうした事情から、虹の自選を参考にしながらも一から選歌をやり直すこととし、最終的に387首を未完歌集『かしすまりあ』として『冬野虹作品集成』に収録した。タイトルは虹自身が生前に決めていたもの。

本書では編者が歌集から150首を選び、そこに版元の希望を加えた156首を紹介した。『かしすまりあ』編纂にあたってはかなり思い切った取捨を行ったので、機会があれば収録を見送った歌を一部紹介したいという考えが編者にはあった。そこで『集成』には収録しなかった短歌のうち25首を今回選び、「拾遺」として本書に加えた。

Ⅳ　散文ほか

各文章の初出を以下に一覧とする。ただし「ルーぺ帳」(「むしめがね」誌の編集後記)の各章の初出のみは本文中に注記により表示した。

「葉の上の」……「インターネットむしめがね」／2001年5月
「桜の木」……「むしめがね」第8号／1992年10月
「パンフィリアの泉」……「むしめがね」第13号／1997年3月
「かみさまへのてがみ」……「鷹」1982年2月号「同人自画像」
「天使の絆創膏」……「むしめがね」第3号／1989年3月
「散歩の毬」……「むしめがね」第7号／1991年12月

「はつなつの七つの椅子」……「むしめがね」第15号／2000年9月

＊「インターネットむしめがね」https://www.big.or.jp/~loupe/

「葉の上の」はホームページ上に日仏英の3か国語版として発表した。今回、掲載時の虹のカットを復元して付した（原画が失われたものは、類似の素描を使用）。最後の一枚は「あけぼの」（すなわち姉の裕代）を表現した絵であろう。

「はつなつの七つの椅子」は雑誌「むしめがね」に連載した「虹の散歩」の第5回として発表されたもの。「虹の散歩」は「ヤカナケリ大使」という架空の人物と虹の対話形式を中心としたエッセイであった。

V　冬野虹論

編者・四ッ谷龍による文章を2編収録した。

「あけぼののために」……「むしめがね」第20号／2015年11月

「冬野虹との二十年」……「むしめがね」第16号／2003年1月

なお、紙数の関係で本書には収録できなかったが、きわめてすぐれた冬野虹論としてティエリー・カザルスによる「ぶらんこの上の虹」その他がある。原文はフランス語だが、翻訳は「むしめがね」第19号（2011年8月）、22号（2019年7月）に掲載した。虹の作品について考えるうえで必読の名評論である。

冬野虹年譜

1943年　1月1日、大阪府泉北郡福泉町（現・堺市）生まれ。本名は穴川順子。5人兄弟姉妹の次女。家業は綿布製造会社を経営。

1961年　4月、帝塚山学院短期大学入学、文学科文芸専攻。

1963年　3月、帝塚山学院短期大学卒。

1965年頃　絵のレッスンを受け始める。またこの頃、妹のバレエ教室通学に付き添ったのがきっかけとなり、クラシック・バレエのレッスンを2年ほど受ける。

1967年　4月、第44回春陽会展に絵画「やってくる者は」で初入選。以後5年続いて入選。

1969年　6月、画家の増井英（本名・和田正孝）と結婚。

1970年　5月、長男・英生まれる。

1976年頃　雌のシャム猫を飼い、ニジと名付ける。

1977年　俳句の創作を始め、《冬野虹》のペンネームを使用する。

1978年　5月、藤田湘子主宰俳句雑誌「鷹」に2句が掲載される。

1979年　6月、「花眩暈わがなきがらを抱きしめむ」他の句で「鷹」の初巻頭を得る。
10月、「鷹」創立15周年パーティーで四ッ谷龍と初めて会う。
同月、ニューヨーク俳句会フェミナ賞受賞。

1981年　1月、「鷹新人賞」受賞。
1984年　5月、神戸市中央区にて、四ッ谷龍と同居、のち結婚。
1986年　12月、「鷹」を退会。
1987年　5月、兵庫県民会館で開催の「米寿・永田耕衣の日」に出席、俳人永田耕衣、詩人吉岡実などの知遇を得る。またこの前後に俳人和田悟朗をその自宅に訪う。
9月、四ッ谷龍とともに文芸誌「むしめがね」創刊。同誌に俳句や文章を発表するとともに毎号挿画を担当。
1988年　8月、句集『雪予報』（沖積舎）刊行。
1989年　1月、渋谷の喫茶店で吉岡実と面談、吉岡選の「雪予報の十二句」を手渡され、強い励ましを受ける。
9月、初めて舞踊家ピナ・バウシュに逢う。
10月、詩人高橋睦郎をその自宅に訪う。
この頃、俳人田中裕明・森賀まり夫妻をその自宅に訪う。
12月、和田悟朗著『俳句と自然』に挿画提供。
1990年　5月、画家中西夏之と初対面。
1992年　6月、短歌の創作を始める。
1993年　11月、歌詞「あした　りすに」が鎌倉芸術館主催「第一回歌曲歌詞コンクール」に入選。
1995年　自由詩の創作を始める。
1997年　4月、ホームページ「インターネットむしめがね」、日・仏・英3か国語で開設。
12月〜翌年3月、病気入院。

1998年　カナダで編集された世界俳句選集『国境なき俳句』に編集・翻訳で参加、俳句作品と表紙画提供。
1999年　6月、ピナ・バウシュと再会。
この頃から連句会「草門会」に参加。
2000年　11月、フランス旅行。詩人ティエリー・カザルスと会う。
2001年　9月、フランス旅行。作家・翻訳家のコリーヌ・アトランと会う。
11月、四ッ谷龍の講演旅行に同行、ブルガリア、ハンガリー訪問。
2002年　2月10日、自宅にて急逝。
5月、ブルガリ社から、冬野虹の俳句をパッケージデザインに使用した香水「オー・パフメ・リチュアル・リミテッド・エディション」発売。
2003年　1月、「むしめがね」16号を冬野虹追悼号として刊行。
2012年　3月、フランスのリロリ社より、冬野虹と四ッ谷龍の2か国語対訳句選およびティエリー・カザルスによる虹・龍論より成る『LES HERBES M'APPELLENT（草に呼ばれぬ）』刊行。
2015年　4月、『冬野虹作品集成』（全3巻、四ッ谷龍編、書肆山田）刊行。
2018年　9月、ミルクホール鎌倉にて「冬野虹素描展」開催。

1994年、日比谷公園にて

後記

素粒社の北野太一さんから、冬野虹の本をもう一冊出さないかという提案を受けたのは2022年の初頭であった。虹の作品は、読者が入手しやすい形で再度出版すれば人気を集めると言うのである。『冬野虹作品集成』は一部の読者からは熱狂的ともいえる支持を受けたが、三巻本という本棚のスペースを大きく占める造本とか、それにともなうある程度高価な値付けによって、興味を持ってくれても購入まではためらう人も多かったのである。

北野さんの提案をありがたく聞いたが、当時は『集成』を刊行してまだ7年しか経っておらず、しかも『集成』の姉妹版である冬野虹画集の編纂に追われてもいた。昨年の秋になって、ようやく画集の刊行計画がまとまってきたため、あらためて相談することになった。北野社長の考えは、冬野虹の世界をできるだけ安価で多くの人に知ってもらいたいというところにあり、本書の構成もそのような考えに基づいた組み立てとなっている。

同時進行になった『ロバの耳——冬野虹画集』も素粒社を刊行元とし、ほぼ同時期に発行の予定である。本書を手に取った読者の皆さんは、必ずや冬野虹の宇宙に魅了されるであろうし、画集や『冬野虹作品集成』も読んでみたいという気持に動かされるだろうと期待している。

最後に、本書を提案し、企画と刊行のすべてを進めてくださった北野太一社長に心からお礼申し上げる。

2024年2月

四ッ谷龍

冬野虹　ふゆの にじ

1943年大阪府泉北郡福泉町（現 堺市）生まれ。1977年より俳句の創作を始め、「冬野虹」の筆名を使用する。1987年、俳人で夫の四ッ谷龍とともに二人文芸誌「むしめがね」を創刊、俳句や文章のほか挿画を担当。1988年句集『雪予報』（沖積舎）刊行。1992年より短歌、1995年からは自由詩の創作を始める。1997年、日・仏・英3か国語のウェブサイト「インターネットむしめがね」を開設。以降、海外で刊行された俳句のアンソロジーなどに編集、翻訳、作品・表紙画提供で関わる。2002年2月、自宅にて急逝、享年59。2015年、俳句・詩・短歌・童話・歌詞などをあつめた『冬野虹作品集成』（四ッ谷龍編、書肆山田）刊行。同書には吉岡実、中西夏之、白石かずこ、高橋睦郎、永島靖子、野崎歓がその才能と人物を称える栞文が掲載されている。

〔編者〕

四ッ谷龍　よつやりゅう

1958年北海道札幌市生まれ。1972年より俳句の創作を始め、1974〜86年俳句雑誌「鷹」に参加。1983年第2回現代俳句評論賞受賞。1987年文芸誌「むしめがね」を創刊。2010〜19年田中裕明賞選考委員。著書に、句集『慈愛』（蜘蛛出版社）、『セレクション俳人・四ッ谷龍集』（邑書林）、『大いなる項目』（ふらんす堂）、『夢想の大地におがたまの花が降る』（書肆山田）、エッセイ集『田中裕明の思い出』（ふらんす堂）ほか。

編棒《あみぼう》を火《ひ》の色《いろ》に替《か》えてから

冬野虹詩文集《ふゆのにじしぶんしゅう》

2024年5月10日　第1刷発行

著者　冬野虹《ふゆのにじ》

編者　四ッ谷龍《よつやりゅう》

発行者　北野太一

発行所　合同会社素粒社

〒184-0002

東京都小金井市梶野町1-2-36　KO-TO R-04

電話：0422-77-4020　FAX：042-633-0979

https://soryusha.co.jp/

info@soryusha.co.jp

装丁　川名潤

印刷・製本　創栄図書印刷株式会社

ISBN978-4-910413-15-0　C0092